接力国际大奖
儿童文学书系

丛书主编 曹文轩　丛书副主编 王林

THE WILD ROBOT ESCAPES

机器人的逃跑计划

JIQIREN DE TAOPAO JIHUA

[美] 彼得・布朗 著
汤 锐　陈方歌 译

接力出版社
Publishing House

桂图登字: 20-2018-150

图书在版编目（CIP）数据

机器人的逃跑计划 / (美) 彼得·布朗著；汤锐，陈方歌译. — 南宁：接力出版社，2019.8（2025.4重印）
（接力国际大奖儿童文学书系 / 曹文轩主编）
ISBN 978-7-5448-6135-9

Ⅰ. ①机… Ⅱ. ①彼… ②汤… ③陈… Ⅲ. ①儿童小说—长篇小说—美国—现代 Ⅳ. ①I712.84

中国版本图书馆CIP数据核字（2019）第143181号

责任编辑：孔倩　美术编辑：王雪
责任校对：高雅　刘会乔　责任监印：刘宝琪　版权联络：金贤玲
出版人：白冰　雷鸣
出版发行：接力出版社　社址：广西南宁市园湖南路9号　邮编：530022
电话：010-65546561（发行部）　传真：010-65545210（发行部）
网址：http://www.jielibj.com　电子邮箱：jieli@jielibook.com
经销：新华书店　印制：北京科信印刷有限公司
开本：880毫米×1250毫米　1/32　印张：8.5　字数：170千字
版次：2019年8月第1版　印次：2025年4月第6次印刷
印数：30 001—42 000册　定价：35.00元

丛书代序　世界小，文学大

著名儿童文学作家、国际安徒生奖获得者　曹文轩

“接力国际大奖儿童文学书系”，所选作品皆为世界优秀儿童文学作品，是世界儿童文学史上的经典和具有经典性的名著。

读书必须读好书。

随着印刷术和造纸术的日益发达，书籍早已堆积如山。现如今，当我们走进一座座现代化的图书馆，走进一座座迷宫般的书城，见到那满坑满谷的书籍时，既有对知识浩瀚无涯的感叹，又有对知识重压身心的不安甚至是恐惧。但我们很少想到，这些书对于我们而言，是否都有价值？被越来越精美的装潢所包裹着的东西，究竟值不值得我们花费时间与热情去青睐它们？我们只是想着拥有、拥有、多多地拥有，我们恨不能将它们一下子全都吸进记忆。人类对知识的崇拜、无节制的拥戴、贪婪的吮吸，早已使人们失去了对所谓知识的应有的分辨与警惕。将书本视为图腾的结果，就是面对书本时，我们只有主动地相拥和无条件地接受。参天书山，已快要压垮我们的脊梁，更具悲剧性的是：它快要堵死我们的心灵空间了。

其实，世界上的好书并不太多。若有一位目光深邃、判断力超凡的大智者，能对这些书籍加以筛选，各大图书馆至

少可以省出一半宝贵的空间来，喜爱读书的人也就会少费许多精力，而对好书的阅读会收到事半功倍的奇效。

不光好书不多，还有坏书。这些坏书大量混杂在图书馆、书店和一些人家的书架上。它们不光耗费了我们的时间、金钱，还使我们堕落、误入歧途。它们损害了我们的心智，钝化了我们的感觉，使我们的精神世界感染了病毒。

英国作家毛姆有言道：坏书读得再少也不为少，好书读得再多也不为多。坏书——是愚钝智慧的道德上的毒药。哲学家叔本华有句话也很值得我们记住：不读坏书，是读好书的一个条件。

但作为一般的读书者，我们并不具备这种判断良莠的能力。在这种情况之下，我以为，唯一聪明的办法就是读经典、读名著。

一部作品被我们称为经典、名著，前提是它已经受住了漫长时间的考验。它已在时间的风雨中被反复剥蚀过而最终未能泯灭它的亮光。它不光是被几个智者说好，而且是被一个庞大的群体所认同。年复一年地阅读，年复一年地挑剔，又年复一年地吮吸，不管怎么样，它没有因时过境迁而衰化，而改变颜色。它一如从前那样饱满，那样富有人情，那样闪烁光泽——时间的流逝，甚至使它还比从前更显博大精深。它在不停地增值。

对于少年读者而言，此时的阅读应是更为讲究的。如果没有选择，随意地滥读或是因受宣传的蛊惑而进行媚俗性阅读，将会养成一种低下的阅读趣味和阅读习惯。一旦定型，日后纠正都纠正不过来了。更糟糕的是，日后即使再面对经典、名著时，已变得俗气的目光，也会将经典、名著看俗了。少年阶段的阅读，实际上是为今后的阅读打基础的阅读，因此正确的阅读就显得尤为重要。

“取法于上，仅得为中；取法于中，故其为下。”只有读经典、名著，读上乘之作，我们才有可能接触最高的精神境界，也才有可能抵达最佳的审美境界。若是从在阅读中吸取写作经验以使自己能有好的写作能力之角度出发，读经典、名著，读上乘之作也几乎是必需的。一个人若长久地在二流三流的作品中滚来滚去，就会受其熏染，受其规范，并将它们误以为是写作的标准，从而永远失去了写出好文章的可能。

过去，曾有过“全人教育”的提法。这“全人教育”分为“生意”“生趣”两大部分。

我以为，这其中的“生趣”，是与文学密切相关的。

文学也许没有改朝换代、翻天覆地的能力，但它的力量却是持久的。人类之所以拥有今日之文明，文学功不可没。它悄然无声但却极有力量地推动了人类的进化。它在人类的荒昧岁月，在人类的寒冷季节，在人类的疯狂时日，是灯，是火，是清冽之风。人类的精神殿堂，若抽去文学的巨柱，顷刻间便会坍塌。

世界上，最优秀的民族，也是与最优秀的文学分不开的。因此，任何一个民族，都会为它能拥有优秀的文学家而骄傲。一个民族的悲哀莫过于它没有产生出优秀的文学家。优秀的文学家，创作出来的优秀的文学作品，不仅为这个民族争得了荣誉，更重要的是，它为这个民族素质的提高起到了无可估量的作用。

民族、人类，有理由如此在意文学家与文学。

从想象力这一角度来看，文学也是我们应当尊重的。它一直在暗中帮助着人类操练想象力。它的天马行空式的优美想象，一直在诱惑和影响着人类。它使人类看到了想象的美好与巨大能量。一个不存在的世界，在想象中，硬是有声有色地出现了。令人不可思议的是，这个纸上虚构出来的世界，有许多在若干年后，真的由科学实现了。这就是世界上有那么多伟大的科学家亲近文学的原因。

在人类的想象力不断受到束缚与腐蚀的时代，文学始终在保护着想象之火，使它免遭熄灭。它还一次又一次地扇动，使想象之火保持着应有的炽热与旺盛。从这个意义上讲，文学绝不仅仅属于文学家，也不仅仅属于文学爱好者，而应当属于全人类。

文学在锐化人的感觉方面，也是值得我们赞颂的。

我们的祖先，感觉是非常钝化的——无论是生理学意义上的感觉还是心理学意义上的感觉，大概都是如此。他们很愚笨地制造着工具，又很愚笨地追赶着猎物。他们的手脚往往不知轻重，疼痛感很弱，并缺乏对锐痛、钝痛等不同疼痛的区分能力。他们的情感、情绪也往往比较简单，难以有今天的人所有的寂寞、孤独、忧郁、惆怅之类的微妙感觉。自从有了文学以后，人类的感觉在一天一天地变得丰富与敏锐。文学以对世界细致入微的观察，引导着人类放弃以前的粗糙与简单，而使自己的身体与心灵都慢慢变得敏感。于是，世界在人类的眼中变得五光十色、无穷无尽了。人类在触摸这个世界时，也不再笨手笨脚了。人类今天所拥有的一切，都与人类的感觉进化有关，而在这其中，文学的功绩是无与伦比的。

文学小，世界大；世界小，文学大。偌大一个世界，却常常会由于各种各样的原因，让一个人竟然觉得自己被挤压，没有一块立足之地。而此时，他将会发现，文学远远地大于这个世界，并且文学是那样地具有悲悯情怀。在他被世界所漠视、所抛弃时，文学却会给他温暖，并会接纳他。在漫长的世纪里，文学始终在庇护着我们。失意时，孤独时，忧伤或悲哀时，我们就会想起文学。一个诗句，一段叙述，都是一片绿荫，使我们焦灼的心灵得到滋润。古往今来，文学不知拯救了多少绝望的灵魂。它的善意，它的美感，它的人道，它的宽容与善解人意，都使我们感到一种无法言说的亲切。我们可以向它倾诉，可以向它哭泣，也可以与它默默相对。

随着世界对现代化的无节制追求，我们的情感世界却在日益荒芜。此时，我们更需要文学的抚慰。在未来的岁月中，我们可能会越来越多地求助于文学的温馨呵护。

我们可以将人生分为思想人生和情调人生。前者是人通过对哲学等知识的学习而获得的，后者则是通过与文学艺术的亲近而获得的。当然，这不过是一种简单的划分。其实，这两者是不可分的，它们的获得也有着广泛的来源。但有一点是肯定的：情调的获得，绝离不开文学艺术。

一个人有无情调，绝非小事。

一个没有情调的人，生活在他心目中是十分乏味的，而这个人，也会令他人感到乏味。这种人行为机械，语言苍白，做任何事情都毫无境界，俗不可耐，对世界缺乏审美能力，对生命本身也缺乏审美能力，因此生命质量低下。

人一旦有了情调，生活就不再使他感到枯燥，而这个人，就会成为一个让人喜欢接近的人。他的行为有了弹性，语言有了意蕴，做任何事情，都会在一种境界里，总有一份雅致与高贵。这个生命无论是短暂还是长久，它的质量都是不可测量的。

也许文学最值得我们称道的就是：千百年来，它使我们的人生获得了情调，从而使一个个生命，即使在最终寂灭时，也显得十分坦然——我没有枉活一生。

“接力国际大奖儿童文学书系”是一个壮观的阅读工程。优美篇章就在我们眼前，它们在召唤着成千上万愿意美好、愿意进化、愿意有远大前程的孩子，也在召唤着我们这些愿意纯真、愿意高尚、愿意诗情画意、愿意一生幸福的成人。

目 录

第一章 城市 · 001

第二章 板条箱 · 004

第三章 机器人 · 005

第四章 家庭 · 007

第五章 农场 · 011

第六章 怪物 · 016

第七章 机器人的故事 · 018

第八章 计算机 · 022

第九章 第一天 · 023

第十章 日常工作 · 027

第十一章 落后的野鹅群 · 029

第十二章 机器人想家了 · 032

第十三章 电子定位信号 · 033

第十四章 可悲的事实 · 035

第十五章 孩子们 · 036

第十六章　机器人的梦想 · 040

第十七章　鸟儿们 · 041

第十八章　娱乐机器人 · 043

第十九章　交换故事 · 047

第二十章　野生动物 · 049

第二十一章　狼嗥 · 051

第二十二章　狼群 · 052

第二十三章　步枪 · 055

第二十四章　虚张声势 · 058

第二十五章　夏天 · 062

第二十六章　龙卷风 · 064

第二十七章　破碎的机器人 · 069

第二十八章　修理店 · 071

第二十九章　灾后 · 074

第三十章　礼物 · 077

第三十一章　篝火 · 080

第三十二章　老谷仓 · 083

第三十三章　秋天 · 086

第三十四章　快乐的野鹅 · 087

第三十五章　记忆 · 089

第三十六章　不同寻常的鹅群 · 090

第三十七章　团聚 · 092

第三十八章　真相 · 095

第三十九章　盟友 · 097

第四十章　本能 · 100

第四十一章　冬季 · 102

第四十二章　计划 · 104

第四十三章　手术 · 106

第四十四章　耐心的机器人 · 113

第四十五章　牛棚对话 · 114

第四十六章　春天 · 118

第四十七章　晚餐 · 120

第四十八章　归来 · 125

第四十九章　告别 · 127

第五十章　自由的机器人 · 131

第五十一章　飞船 · 132

第五十二章　侦察员 · 136

第五十三章　农场 · 138

第五十四章　大山 · 139

第五十五章　袭击 · 141

第五十六章　火把 · 145

第五十七章　冰雹 · 147

第五十八章　小木屋 · 151

第五十九章　奇怪的荒野 · 155

第六十章　猎人 · 157

第六十一章　向导 · 160

第六十二章　最后的较量 · 164

第六十三章　小木船 · 167

第六十四章　海洋生物 · 170

第六十五章　鲸 · 172

第六十六章　新大陆 · 176

第六十七章　城镇 · 178

第六十八章　车站 · 182

第六十九章　火车 · 185

第七十章　在城市中穿行 · 188

第七十一章　观察 · 191

第七十二章　警察 · 192

第七十三章　鸽子 · 194

第七十四章　天空 · 198

第七十五章　“锐酷”部队 · 200

第七十六章　早晨 · 203
第七十七章　地下 · 205
第七十八章　追捕 · 207
第七十九章　设计师 · 214
第八十章　美好的故障 · 217
第八十一章　熔化 · 223
第八十二章　秘密 · 225
第八十三章　崭新的机器人 · 227
第八十四章　崭新的妈妈 · 230
第八十五章　客人 · 233
第八十六章　飞行 · 237
第八十七章　回归 · 240
第八十八章　最终的告别 · 243
第八十九章　离去 · 246
第九十章　小岛 · 248
尾　声 · 250

后　记 · 253

第一章　城市

我们的故事就从城市开始了。这儿有许多高楼大厦、街道、立交桥和公园。人们在街上闲逛，汽车跑来跑去，飞船在天上飞着，机器人在卖力地工作。

一辆送货车在城市的街道上飞快地穿梭，它自个儿完全知道要去哪里和怎么去。它在一个建筑工地停了下来，自动卸下了一些板条箱。它又跑过几个街角，在码头处卸下了更多的板条箱。它在城里急匆匆地拐来拐去走着“之”字形，运送那些板条箱，然后驶入了一条高速公路。

在高速公路上，小汽车、大巴车和卡车川流不息，但是随着这辆送货车的路线继续向前行驶，路上的车辆稀少起来，高楼大厦也变小了，眼前的景色越来越绿了。

前面是宽阔空旷的道路，送货车用最快的速度向前飞驰。两旁的景色现在变成了一片模糊的绿色，偶尔闪过一片灰色，那是经过了一个小镇。送货车不停地飞驰，风一样地掠过长长的桥梁，子弹一样地穿过山间隧道，沿着笔直向前伸展的公路一路行驶。终于它慢了下来，从快车道移到了出口匝道上，然后驶下一道斜坡，进入了一个乡间农场。

当送货车驶过田野和栅栏的时候，车后面腾起滚滚烟尘。朦胧的远方，隐约可见平原上矗立着一个个巨大的谷仓。空气中弥漫着泥土和牲畜的浓重气味。一群机器人在有条不紊地收割庄稼，喂牲口，操作那些庞大的农场机器。

一座小山逐渐走进了视野，小山顶上有树林和白色的房子。那是另一个农场，比其他农场小一些，也破旧一些，前面有一个歪歪扭扭的标志牌，上面写着“山顶农场”。

送货车的轮子在碎石路上吱嘎吱嘎地响着，顺着车道一路开上山顶。它在那座农舍的前廊旁停下，将最后一个板条箱扔到地上。然后，送货车就开走了。

小读者，你猜得出那个板条箱里装的是什么吗？如果你猜是一个机器人，那你就猜对了。不过，这可不是个普通的机器人哟，她是编号7134号的罗森姆型机器人，你也许还记得她在那个偏僻荒岛上的往事吧。好啦，萝丝的新生活马上就要开始啦。

第二章　板条箱

汪！汪！汪！

农舍里有条狗在拼命地叫唤，一边叫一边抓挠着前门。门终于打开了，狗蹿了出来，跳下门廊的台阶。然后一个男人出现了。

那人一瘸一拐地走着，慢慢地走到板条箱跟前，他的狗也在那里嗅来嗅去。他拔掉箱子顶部的栓子，铰链就松开了。泡沫包装材料被扔到一边，绳子也被解开了，7134号罗森姆型机器人露出来了。她毫无生气的身体在夕阳照耀下闪闪发光。那人把手伸过去，按下了机器人后脑勺上一个重要的小按钮。

咔嗒！

第三章　机器人

机器人的计算机大脑启动了，她的程序开始联网。然后她自动站了起来，跨出她的板条箱，开始说话了。

“你们好，我是7134号罗森姆型机器人，不过你们可以叫我萝丝，趁我的机器人系统正在激活的时候，我跟你们介绍一下我自己吧。

“一旦完全激活，我就能起来活动，能和你们交流，还能学习。只要给我一个任务，我就能完成它。过一段时间，我就能学会更好的办法去完成任务，变成一个更好的机器人。如果暂时不需要我做什么，我会待在一边不打扰你们，并且随时保持最佳工作状态。

“谢谢你们花时间听我说话。

“现在，我已经完全激活啦。”

第四章　家庭

“欢迎来到山顶农场，萝丝。我是谢里夫先生。你现在属于我了。”

萝丝用她那双闪着柔和光芒的眼睛打量着那个人，用一种机器人的嗓音说：“您好，谢里夫先生。”

“这个老家伙名叫奥斯卡。”谢里夫先生搔了搔他的狗的脑袋，“你平时很少能看到他。这些天，奥斯卡大部分时间都在房子里睡觉。”

“你好，奥斯卡！”机器人说。

狗咧开嘴傻乎乎地笑了，并发出一声快乐的尖叫。

谢里夫先生从口袋里掏出一个小小的电脑，他轻拍了一下屏幕，显示出一张山顶农场的地图。“喏，这是你，萝丝。”机器人的电子定位信号立刻显示在了地图上，他说，“你要在这个农场的每一处工作，现在你已经在系统之中了，我随时能够看清楚你在哪儿。”

“你想让我做什么呢？”萝丝说。

“你可以先把你的板条箱放到那边的车库里。我先保存这个箱子，以防需要把你送回工厂。”

很显然，萝丝是被设计为服从命令的，因为她的身体会自动按照主人说的去做。她把那些包装材料塞回板条箱里，再把板条箱搬进车库。

萝丝回来的时候，谢里夫先生正瞧着一辆校车沿着弯弯曲曲的乡村小路开过来。奥斯卡汪汪叫着冲了过去，校车也在车道的那一头停了下来。一个女孩和一个男孩从车里跳了出来，校车就开走了。孩子们穿着学校发的校服，看上去几乎一模一样，但是男孩稍微高一点儿，女孩的头发稍微长一点儿。他们走上回家的车道，狗在他们周围蹦蹦跳跳嬉闹着，然后他们发现了萝丝。

“一个机器人！”女孩说道，跑了过来。

“我们早就该买一个了。”男孩说。

“她是二手翻新过的，”谢里夫先生说，“是我能找到的最便宜的一款，但是她会成为一个体面的农夫的。”

“她叫什么名字？”女孩说。

“她说她叫萝丝。”

“那只是她的初始名字，”男孩说，“我们可以给她起任何我们想要的名字。我们就叫她……自动农夫吧！”

“可我喜欢萝丝这个名字。”女孩说。

“我也喜欢，”谢里夫先生说，“我们就让她叫原来的名字吧。萝丝，我想让你认识一下我的女儿扎雅和我的儿子扎德。”

“你们好，扎雅和扎德。”机器人说。

孩子们互相看了看，都笑了。

“萝丝会服从我的命令吗？”扎德问道。

“还有我的呢？”扎雅也问。

“她会服从你们两个的命令的。”

“萝丝，我命令你做我的家庭作业！”扎雅说。

“别胡说八道浪费她的时间！”谢里夫先生不高兴了，“萝丝来这儿是做农活的，不是做作业的，明白了吗？”

孩子们点点头。

“现在，我命令你们把狗带进去，做你们自己的作业，”谢里夫先生说，“我要带萝丝去四处转转看看农场啦。”

第五章　农场

谢里夫先生转过身，大声喊道：“过来，蓝波乐！”

不一会儿，一辆小卡车自动从车库里开了出来。卡车开到谢里夫先生和机器人跟前停下，车门大大地敞开，他们俩都走了进去。

蓝波乐有个方向盘，但是谢里夫先生却舒服地往椅背上一靠，让小卡车自己驾驶。他们沿着车道，驶过房子的后面，穿过后院，从树林和树篱旁经过。突然间，他们被各种各样的农场建筑物包围了，这些建筑物的大小和形状都不一样，一律是白色的墙壁和灰色的屋顶，它们紧紧地挤在一起，以至于你很难分辨哪儿是一座房子的结束，哪儿是另一座房子的开始。一些墙上溅了泥巴，一些墙上有洞，还有的墙板松动了。整个地方闻起来有一股草和粪肥味。

谢里夫先生指给萝丝看每一处农舍，有巨大的牛棚、挤奶厅、操作间、机器棚，周围还散落着许多小一点儿的棚舍。

蓝波乐从农舍群里驶出来，沿着山丘的背面向下驶进了一大片宽阔的农田。车道的这边竖着一长排栅栏，栅栏的后面是一片绵延起伏的牧场，长着茂盛的高高的青草和几棵枝繁叶茂的树。一群奶牛正在那里吃草，她们一边咀嚼反刍一边甩动着尾巴，目光都追随着卡车，其中一头奶牛发出了悠长的叫声。

“这是一个牛奶场，”谢里夫先生说，“所以这些奶牛就是这儿的皇后。你的整个世界现在就要开始围着她们转了，明白了吗？”

“明白了。”萝丝说道，她注视着一头年轻的小奶牛，而小奶牛也在盯着她看。

他们从那些奶牛旁边驶过，从一丛丛野花旁驶过，从一个安静的池塘边驶过，从鸟儿和田鼠、大黄蜂旁边驶过。车道从一排树中穿过，通往平坦的农田，农田方方正正的，覆盖着绿色的庄稼嫩芽。

山顶农场虽然一派生机勃勃，但是它显然管理得不太好。农田里杂草丛生，泥土裸露，坏掉的农机和一堆堆垃圾丢得到处都是，一团团茂密的缠绕不清的灌木从农场的四周悄悄蔓延进来。

他们一直驱车开到最远的田野，来到车道尽头一个小小的环岛，蓝波乐关掉了发动机。谢里夫先生和机器人就坐在那儿，看着

眼前的乡村。

远处，土地和天空交接处，一列火车沿着它的轨道静悄悄驶过，消失在北方。然后，一切归于平静。

“这个农场需要帮助，”谢里夫先生终于开口了，“这是我的家族世世代代传下来的，我不想失去它。但是我再也干不了农活了，这就是你来这里的原因。他们说罗森姆型机器人能学会几乎每一种工作，而你差不多得做这个农场里所有的工作才行。”

“我明白。”萝丝说。

“我们已经使用自动机械很多年了，”谢里夫先生继续说道，“但是在我妻子去世之前，我们都不需要机器人。”

最后那句话让空气变得凝重了好一会儿。

沉默终于被一阵低沉的隆隆雷声打破了，暴风雨即将来临。龙卷风季节还有几个月才到呢，但是在乡下，任何风暴都可能会变得很危险。

“咱们回家吧。”谢里夫先生说。

蓝波乐发动了引擎，驶回到长长的车道上。在他们到达农场之前，雨一直在下，奶牛都回到了牛棚里。

“这个给你，”谢里夫先生说着，把萝丝的专用电脑递给她，“这个用来控制农场的设备，这里面有你在这儿工作所需要的一切信息。你知道怎么用电脑吧？”

“是的，我知道如何使用电脑。”萝丝以前从来没用过电脑，但她本能地知道该怎么做。很显然，这个机器人是能够熟练运用高科技产品的。

“今晚学习一下，明天就开始干农活吧。”谢里夫先生说，“你可以跟其他机器一起待在机器棚里。”

“也许我应该和奶牛一起待在牛棚里，”萝丝说，“现在我的世界全部围绕她们转呢。”

这个男人的脸上浮现出一丝笑容，他说：“我喜欢你的思维方式，萝丝。”

第六章　怪物

奶牛们正在牛棚的厩栏里嚼着干草，牛棚门忽然开了，一个机械怪物踏着沉重的步伐从雨中走进来。这个家伙沿着中间过道走来，脚步声在巨大的空间里回响，她一直走到一个空角落才停下，就那样站在阴影里。外面的暴风雨变得越来越猛烈了。

大家都静静地听着，大雨倾盆，狂风怒号，雷电炸裂。到了半夜，暴风雨总算是过去了，房顶上只剩下轻轻的雨滴敲打声。但是牛群并不敢就此歇息，因为那个怪物还躲在角落里呢。奶牛们开始小声地互相哞哞交谈起来。

“那怪物现在干吗呢？”

“她几个小时都没动弹了。”

“我打赌她在等我们睡着了好吃我们呢。”

这个可怕的想法让奶牛们都倒吸了一口凉气。然后一头名叫安娜贝儿的老奶牛试图让大家冷静下来。

“放松点，各位，”她说，“我待过的上一个农场也有像这样的怪物，他们从来没吃过奶牛，现在想想，其实他们什么东西都不吃。”

“如果这个怪物什么东西都没吃过，那她现在岂不是饿疯了！”一头叫苔丝的奶牛说。

“我看见那个农夫用卡车载着这个怪物兜风呢。”一头叫莉莉的小奶牛说，“如果她是危险的，我觉得农夫不会那么做。”

谁也不知道该如何看待这个来到她们中间的奇怪家伙。

“我觉得这个怪物是无害的。”

“我觉得这个怪物很不自然！”

“我觉得这个怪物在动呢！”

牛群安静下来，因为那个怪物走出阴影，来到了牛棚的中央。然后那个怪物做出了不可思议的事情，她用动物的语言对奶牛们说起话来。

“我不是怪物，我是一个机器人。我的名字叫萝丝。”

第七章　机器人的故事

太难以置信了！这个怪物、这个机器人、这台机器，竟然刚刚用动物的语言跟她们说了话！奶牛们盯着她，紧张地在厩栏里移动着，想知道她接下来会做什么。

萝丝接下来做的事情很简单，她实话实说，站在牛棚的中央，跟奶牛们分享她的故事。

“我生命的第一年是在一个偏远荒野的小岛上度过的，”萝丝开始讲述，“我不知道自己是怎么到那儿的，我只知道我想要生存下去，所以我就研究岛上的动物，看看他们是怎样生活的。然后一件令人惊奇的事情发生了，我逐渐能懂得他们的声音和动作的含义，我学会了动物的语言。”

“即使我能和动物们说话，他们也并不想理睬我。但是当我发现了一只小鹅孤儿之后，一切都改变了。那可怜的小家伙若没人照顾就会死掉，所以我照顾他，收养他做我的儿子。

他的名字叫布莱特比尔。”

牛群中传来一阵窃窃私语声。

“动物们看到我照料布莱特比尔之后，终于接受了我。我不再孤单了。我有了朋友和家人，还有了一个家，那时候的生活真是美好啊。

“后来‘锐酷’机器人乘着光滑的白色飞船来了，要把我带走。我抵抗，他们就变得暴力起来。动物们为了保护我，勇敢地战斗，摧毁了那些‘锐酷’机器人。但是我也在战斗中受到了严重的损伤。我急需修理，但是我无法在岛上得到

维修。所以动物们把我破损的身体装上飞船，而飞船就把我从我的小岛之家带走了，带到了很远的地方。”

小奶牛莉莉从栏杆中探出头来，问道：“布莱特比尔怎么办呢？”

“我的儿子既聪明又强壮，而且他带领着一群很棒的野鹅。”萝丝说道，“我想，没有我他也能过得很好。”

“那么你被带到哪儿去了呢？”苔丝问道。

“我被带回了制造我的工厂。这个工厂由一群被称为制作者的机器人工人管理。我到那儿以后，他们把我放进一个挤满了破碎机器人的房间。有些机器人完全毁了，制作者立刻就把他们运走了。但是我们这些计算机大脑还能工作的就接受了一个测试。”

“什么样的测试呢？”莉莉问。

“制作者只问了我们很多问题，他们问我们是怎么被损坏的，如何应对不同的紧急情况，他们还要求我们识别某些声音、气味和物体。能够正确回答每一个问题的机器人都被修好了。其他的就都被毁掉了。

“在荒野中为了生存，我伪装自己的身

体；在机器人工厂为了生存，我伪装了自己的个性。我假装自己是一个很普通的机器人，我并没有说出我收养了一只小鹅，或者我可以和动物交谈，或者我反抗了‘锐酷’们什么的。我说的都是要通过测试必须说的话，这个策略还真奏效了。”

“好样的，萝丝！”苔丝喊道，其他奶牛也笑了。

“制作者把我关闭了，当我醒来时，我的身体已经被修复好，来到了这个农场。现在，我跟你们一样，也属于谢里夫先生。”

奶牛们不笑了。

大家都变得安静下来。

然后老安娜贝儿说话了。

“我也是被人从朋友和家人那儿带走的，”她说，“他们都还待在我出生的农场。我每天都在想念他们。”

“跟我们所爱的人分开是很难过的事。”机器人说。

“不过萝丝啊，事情也没有那么糟糕。”苔丝说，“至少在这个农场里，你还被大自然包围着。”

“是的，情况还没那么糟。”机器人的眼睛明亮了一点儿，“但我在这里并不安全。一旦有人类发现了我真实的面貌，他们就会把我毁掉的。所以，当时机成熟的时候，我会想办法逃跑。”

第八章　计算机

牛棚里，光线幽暗，没有声音，夜晚慢慢地流逝。几头奶牛还在咀嚼着干草，但是大多数奶牛都在安静地休息。我们的机器人也回到了她的角落里，计算机屏幕的柔光照亮了她的脸庞，她在学习怎样干农活呢。她了解了牛群、牧场和田野，了解了当地的植物和野生动物，了解了农作物种植的季节、气候和天气，了解了机器、房舍、栅栏、工具和所有的乳品设备。在机器人的计算机大脑里，每一个细节都被完美地记住了。只用了一个夜晚，萝丝就变成了一个农夫。

第九章　第一天

黎明时分，奶牛们开始骚动起来。她们一个接一个走出侧门，穿过泥泞的院子，在去牧场之前，先进入一个挤奶厅。她们每天早上都遵循这套程序，像上了发条的钟表一样。然而，今天早上，一个机器人加入了牛群。

计算机大脑充满了农耕知识，萝丝已准备好开始她第一天的工作。她踏着沉重的脚步蹚过高高的湿漉漉的草丛，脑袋慢慢地转动着浏览四周的风景。

太阳正在升起。

晨雾弥漫开来。

牛群在吃草。

然后整个世界好像突然翻了个个儿。萝丝还没明白发生了什么事，就已经跌了个仰面朝天。空气中弥漫着一股强烈的臭味。我们的机器人踩到牛粪上滑倒了。

牛群爆发出一阵大笑。苔丝大声说："这是山顶农场的见面礼，萝丝！"这又引起了新一轮的喷鼻声和哞哞声。

"你必须习惯牛粪饼和笑声，"老安娜贝儿溜达过来，说道，"这儿平时没什么有趣的事，所以我们总是很渴望能笑一笑。"

"我明白，"萝丝说，"我也喜欢笑。"她强迫自己发出一个尴尬的"哈……哈……哈哈哈"，然后机器人站起来，擦了擦脚，继续在农场里四下探索，不过她每走一步都更加小心看着脚底下。

田野、房舍和栅栏都需要萝丝的密切关注，但她最紧迫的任务是修理坏了的农用机器。

放牧机是设计用来在牧场上到处漫游，照料那些正在吃草的奶牛的，但它已经陷在泥里，变成了鸟儿们喜欢聚集的地方。农田耕作机很庞大，像一座带轮子的房子一样，它是设计用来在田间行驶，种植、施肥和收割饲料作物的。但几个星期前它就已经动不了了，瘫在农场的一个偏远角落里积攒灰尘。无人机是一种小型飞行器，肚子上装有一个特殊的摄像机。它原本应该在农场上空飞行并监控这整个地方，但是在飞行中它遇到一群乌鸦的突然袭击，一头栽了下来。其他坏掉的机器被丛生的杂草遮盖着，还有更多的破旧农机堆在杂物小屋里等着修理。

宁静的早晨突然被电动工具的声音震撼到，那是萝丝开始修理机器了。

幸亏有她的机械力量和高智商，她的工作进展得非常顺利。时间过得飞快，那些农机隆隆响着起死回生，农场开始热闹起来了。

太阳落山的时候，蓝波乐蹦蹦跳跳地沿着车道驶来，谢里夫先生坐在前排座上，奥斯卡坐在后面车厢里。

“怎么样啊，萝丝？”谢里夫先生靠在车窗口问道。孩子们咯咯地笑着，从他们的座位上向她挥着手。狗探出鼻子嗅着微风。

“进展良好，”萝丝用一种机器人的声音说，“许多机器都修好了。”

“我看到啦。”谢里夫先生抬头注视着正在高空盘旋的无人机，“我们还想着来检查你的工作情况呢，但是你看起来干得很好，所以我们就不再打扰你了，继续好好干吧，萝丝。”

当卡车沿着车道驶去的时候，奥斯卡回过头瞧着萝丝，叫道：“你闻起来就像牛粪一样！”他说得对，我们的机器人可脏得要命。第一天的农夫工作，就以萝丝的肥皂水擦澡圆满结束了。

第十章　日常工作

小读者，我不想用我们的机器人每天例行农活的细节来烦你们。她的许多工作令人难以置信地乏味，有些则相当令人生厌。我只想说，随便哪一天，萝丝都可能是一个机械师，或者兽医，或者园丁，或者水暖工，或者清洁工，或者园艺师，或者木匠，或者电工，或者上述全都是。农场的生活真的让萝丝忙得团团转。

当然了，她还是有帮手的。你已经认识了一部分机器，但是整个农场都装备了高科技，使每个人的生活都变得更轻松。门都能自动打开。奶牛们戴着自动跟踪健康状况的电子项圈。当奶牛的乳房满了，她只需走到挤奶厅，那儿有动作轻柔的机器自动给她挤奶。所有的牛奶都由管道输送到储奶罐中，然后冷却，最后自动装瓶。一旦牛奶车装载完毕，它就自动开走并自动发货。

谢里夫先生负责农场的经营事务。他与顾客打交道，掌管财务和日常供货。他坐在家里的办公室中舒舒服服地做着这一切。现在他有一个机器人干所有的农活，他几乎不用走出家门了。

萝丝在这里生活，比她自己曾经想象的更加满足。她的大部分时间都在户外度过，在广阔的天空下和动物们一起。即使在田间劳动时，她也总能停下来闻闻花香，抬头看看云彩，感受到树林里吹来的凉爽空气。

然而，萝丝过着两种生活。当她自己在农场上的时候，她可以和小牛们玩耍，或者在草地上奔跑，或者和野生动物聊天。但每当谢里夫家的人走近时，萝丝就不得不假装是一个普通的机器人。她永远不能让他们知道她的真实面貌。

第十一章　落后的野鹅群

野鹅以秋季和春季迁徙而闻名，但野鹅群确切的迁徙时间则取决于鹅群成员。一些野鹅群选择在迁徙季节的初期起飞，其他野鹅群会晚很久。正是这样一个落后的野鹅群，引起了我们机器人的注意。

嘎！嘎！嘎！

野鹅们的鸣叫声率先回荡在农场，然后野鹅群才出现在视野中，排成一个歪歪斜斜的V形编队飞行。他们掠过牧场，然后重重地降落到池塘里。

当萝丝走近时，他们都没太拿她当回事儿。这些野鹅在其他农场见过类似的家伙，他们知道没有什么可怕的。但他们马上就会知道我们的机器人和其他机器人很不一样。

“你们好啊，野鹅，”萝丝说，“欢迎来到山顶农场！”

野鹅们呆住了，他们用怀疑的眼神盯着萝丝，然后其中

最大的一只野鹅慢慢游了过来。

“我碰到过很多像你这样的怪物，”他说，“但我从来没有见过一个能说话的！”

“我不是怪物，我是个机器人。我的名字是萝丝。”

野鹅挠了挠头。

“嗯，很高兴见到你，机器人萝丝，”他终于说道，“我的名字是温提普，这是我率领的鹅群。”

萝丝友好地挥了挥手，鹅群很快聚拢过来，好奇地想瞧瞧这个古怪的家伙。你可以想象到，当这些野鹅听说萝丝有一个野鹅儿子的时候是多么震惊。他们问她各种问题，有关于布莱特比尔的，有关于她以前在岛上的生活的，以及关于她在农场的新生活。然后萝丝向他们提出了自己的问题。

“你们认为，布莱特比尔的鹅群迁徙的时候也会飞这条路线吗？”

“很难说，”温提普说，“好像他的鹅群是飞东线的，他们从来没有飞到这么靠西的地方。”

机器人失望了，垂头丧气。

“不过，我们野鹅都充满了惊喜，”温提普补充了一句，“我答应你，萝丝，如果见到布莱特比尔，我们一定把他指向你这边来。”

谈话被笑声和狗的吠叫声打断了，孩子们带着狗出来散步了。萝丝可不能让他们看见自己在跟野鹅聊天，所以她赶快小声告别了新朋友回去工作。那天晚些时候，当她向池塘里看时，野鹅群已经不见了。

第十二章　机器人想家了

我们都会在某个时候想家，就连机器人也有思乡之情。萝丝是属于她的小岛上的儿子和朋友们的。她一心想要回到那里去，可是怎么回去呢？如果机器人被看到做了不寻常的事，谢里夫先生也许会毁掉她。萝丝不得不小心，所以她不动声色地继续干她的农活，日复一日，但其实，这个想家的机器人一直在秘密计划着逃跑。

第十三章　电子定位信号

哔！哔！哔！哔！

一条信息在萝丝的电脑上闪烁着，报告无人机被阵风吹到邻居的豆田里打旋儿去了。于是机器人抓起一个又大又笨重的工具箱大步走出去收拾残局。

萝丝发现飞行器摔了个底朝天，起落架挂在一排绿叶植物上方。飞行器有一些擦伤和划伤，不过没什么大碍。她把它翻过来，掸了掸灰尘，拧紧了几个螺丝，然后她说：“回到山顶农场。”引擎开始嗡嗡作响，飞行器从地上起飞，飞回了家。

萝丝往回走的路上，她抄近道穿过两个农场之间的一条森林地带。那里有树木、蕨类植物、岩石和灌木，还有小型森林动物，那是一小片荒野。突然，机器人想起了她非常思念的荒岛。总有一天，她会尝试跑掉，回她真正的家去。

这会是她逃跑的机会吗？逃跑有可能像溜过这些树一样容易吗？

不可能，绝对没那么容易。就在前方，在树林的另一边，谢里夫先生正坐在他的敞篷小卡车里，瞧着萝丝呢。由于机器人的电子定位信号，他知道她已经走出了农场的领地，于是他赶快跑出来看看她在干什么。

萝丝走到卡车跟前，谢里夫先生从车窗里伸出头来，一脸严肃的表情。“没有我的允许永远也不要离开农场的范围，明白吗？”

“我明白。”萝丝说。

嗯，她可算是明白了。她明白自己是一直被监视着的。她明白自己是被困在山顶农场了。

第十四章　可悲的事实

那天晚上，当其他人都在睡觉的时候，萝丝熬夜在她的电脑上研究秘密的方案。她寻找自己身体的组装图，寻找这个区域的地图，以及任何可能帮助她逃离的信息。但是机器人什么也没找到。这台电脑只允许她查阅农耕方面的信息，她被切断了与外界的联系。

很显然，如果萝丝想要逃离她的新生活，她需要一些帮助。但是奶牛们并不懂得如何逃跑，谢里夫先生也绝不会让他的机器人离开。谁有可能会帮助萝丝逃离农场呢？

第十五章　孩子们

随着时间的流逝，萝丝越来越少见到谢里夫先生，但是她越来越经常地见到孩子们。起初他们很害羞。机器人从牧场上抬头瞧，不是瞧见扎德藏在谷仓的墙角边偷看，就是瞧见扎雅从树枝间窥探。不过，孩子们胆子越来越大了。

然后有一天，萝丝走进工作间，听到咯咯的笑声。她走到后面的橱柜跟前，打开柜门，扎雅正在那儿，努力忍着笑。

“我在躲我哥哥呢，”女孩小声说，“快关上门！”

机器人把门关上了。

一分钟后，扎德跑了进来，满脸通红，气喘吁吁。

“嘿，萝丝……你……看见……扎雅了吗？”

机器人只是瞧着他。

“我知道她在这儿，”扎德说。他开始在房间里走来走去，在工作台下面，工具柜后面和所有笨重的车间机器之间搜寻。最后，他走到萝丝跟前说：“我命令你告诉我我妹妹藏在哪儿。”

机器人指向橱柜。

扎德顽皮地笑了，踮着脚走过去，然后猛地拉开柜门尖叫道：“找到你了！”

“不公平！”扎雅发牢骚道，“萝丝告诉了你我藏在哪儿！”女孩生气地看着机器人，“你不应该告诉他，萝丝。不过你可以跟我玩捉迷藏来弥补。数到一百，然后去找我哥哥和我。好吗？”

寂静了一会儿。

然后机器人说：“好吧。”

扎雅和扎德开心地尖叫起来，在萝丝开始数数的时候，他们蹦蹦跳跳地跑出了门。机器人灵敏的耳朵仔细地倾听外面的孩子们发出的声音，她听到快速的脚步声在车道上嘎吱嘎吱踩过；她听到一声咯咯的笑声和树枝发出的颤抖声；她听到一声咕噜声和干草捆被挤到一边的声音。

机器人数到了一百，然后她只花了五秒钟就在一棵树上找到了扎雅，又花了八秒钟在草棚里找到了扎德。

“哇，萝丝真是找人高手。”扎德一边说，一边把干草从他的头发上摘掉。

扎雅鼻子里哼了一声。“嗯，好吧，我们就来瞧瞧她究竟有多会藏。”

萝丝还真是更善于隐藏。孩子们数数的时候，机器人悄

悄地溜走了。一个小时后，他们还没有找到她。兄妹俩站在车道上，认输了。

“我们认输啦，萝丝！”扎德喊道。

“你赢了！”扎雅喊道。

牛棚旁边的垃圾堆动了起来，萝丝出现了。机器人就一直坐在那儿，完美地隐藏在废金属和旧农机之间。

“下次咱们再玩，你得让我们当中一个人赢。”扎雅对萝丝说。

而下一次他们再玩的时候，萝丝真这么做了。

机器人喜欢跟孩子们一起玩。他们给她的世界带来了一点儿轻松，她也希望能给他们带来一点儿轻松。他们的母亲去世后，生活一定很暗淡。当然了，萝丝希望孩子们在身边还有另一个原因，她需要他们。她回家的唯一机会就是扎雅和扎德从心底同情她，帮助她逃跑。但是情况很微妙，如果萝丝努力得太过头，孩子们可能会向他们的父亲打小报告。可如果她不够努力，她就可能永远被困在这个农场里。

第十六章　机器人的梦想

奶牛在牧场吃草。

风沙沙地掠过高高的草地。

云彩飘过田野。

农场机器轰隆隆、嗡嗡嗡地作响。

牛奶流入瓶中。

瓶子装进盒子里。

盒子装到牛奶车上。

卡车满满地开走，空空地回来。

孩子们和他们的狗一起玩耍嬉闹。

一个男人坐在他的办公桌前。

一个机器人梦想着逃跑。

第十七章　鸟儿们

山顶农场是许多鸟类的家园。燕子总是低低地俯冲下来，从草叶上叼走昆虫。乌鸦像一伙歹徒一样在田野里哇哇地大吼大叫。夜晚，猫头鹰在乡间无声地滑翔，寻找那些毛茸茸的小点心。机器人被困在农场里，但是鸟儿们可以自由地去任何他们喜欢的地方。幸运的鸟儿们啊！

有一天，萝丝站在牧场上，羡慕地看着一只鹰在天空中翱翔。奶牛们缓缓来到她身边，在她周围吃着草，缓慢的脚步在草地上嘎吱嘎吱作响，牙齿不停地咀嚼，尾巴甩来甩去地驱赶苍蝇。而萝丝一直站在那儿，眼睛朝上凝视着那只鹰。

这时，耳边传来莉莉温柔的声音："你在想什么呢，萝丝？"

机器人转向小奶牛。"我在想布莱特比尔，"她说，"就在不久前，我还在看着我的儿子在天空中翱翔。那似乎是上辈

子的事情了。”

“你一定厌恶你的新生活吧，”老安娜贝儿说，“我一点儿都不怪你，农活看起来是挺折磨人的工作。”

“其实我喜欢干农活，”萝丝说，“不知怎的，长时间跟机器、工具、农作物和动物打交道，感觉还挺好的。但我怀念过去在岛上的生活。”

苔丝吃了满嘴的蒲公英，但这并不妨碍她插嘴说话。“也许你应该开始把这个农场想成是你的家。那个岛太遥远了，很有可能你再也回不去了。”

“别这么说嘛！”莉莉叫道，“萝丝一定得回家！她需要和布莱特比尔还有她的朋友们在一起！”

“苔丝说得对，”萝丝说，“我可能永远也回不了家了。如果我是一只鸟，就像我的儿子一样，那么只要我愿意，我就可以独自飞回家。但我只是一个机器人。”

大家都不吭声了。奶牛们又继续在牧场上吃草，萝丝又开始欣赏那只鹰，她的眼睛追随着那只鹰在天空翱翔，自由地飞向他喜欢的任何地方。

第十八章　娱乐机器人

孩子们溜达到农场房舍后面，穿过一片空地，来到一棵老橡树下，这是他们的父亲小时候爬过的那棵树。谢里夫的姓名首字母刻在树皮上，在一长串姓名首字母的底部。谢里夫家的这么多代人，所有人都把姓名的首字母刻在那棵树上，最初回溯到建造农场的祖先那里。总有一天，孩子们也会把他们的姓名首字母加到这个名单里。

在繁茂的枝叶下面散落着一些橡子。扎德为自己清理了一小块地方坐下来，从口袋里掏出一个小电脑，而扎雅爬到了树上。兄妹俩在那棵树旁消磨了一个下午的时光，直到机器人扛着笨重的大工具箱走过。

“你在做什么呢，萝丝？”扎德招呼道。

机器人停下来。“那架无人机又掉下来了，”她说，“我要再过去修一次。”

“要帮忙吗？”

“我不需要任何帮助。”

“好无聊啊，”扎雅说，她的双腿悬在哥哥的头上，“你能做点有趣的事吗，萝丝？”

机器人放下工具箱，说：“你想让我做什么呢？”

“我也不知道。”扎雅说，然后又使劲想了想，“你能做后空翻吗？”

“能，我可以做一个后空翻。”

女孩的脸上绽开笑容。“萝丝，我命令你做一个后空翻！”

于是，萝丝蹲下身，然后跳到空中，向后翻转，双脚轻轻地落地，一个完美的后空翻。扎德把电脑收了起来，扎雅从树枝上跳了下来，孩子们被萝丝折服了。

“你还能做什么？”扎德说，“你会抛接球吗？”

“我会抛接球。”

“我命令你……嗯，用这些橡子来抛接球！”

萝丝走到树旁，从地上拾起三颗大橡子，开始用完美的节奏抛接起来。扎雅研究了机器人的动作，然后也开始将橡子抛向空中。第一个抛得有点太高了，下一个抛得有点太远了，很快它们都滚回草丛去了。

“你会讲什么笑话吗？”扎德说。

“小鸡为什么过马路？”①

“算了算了……”扎德挠挠头，“你能给我们讲个故事吗？”

“你们想听什么样的故事？”

“讲一个机器人的故事！”扎德说。

“讲一个动物的故事！”扎雅说。

“那么讲一个机器人和动物的故事怎么样？”萝丝说。

孩子们笑眯眯地互相瞅了一眼。然后，他们靠着树坐下来，抬头瞧着他们的讲故事机器人。

“从前，有一个机器人独自住在一个岛上，”萝丝开始讲了，“她每天在山间、森林和草地上漫游。然后发生了可怕的事情。岩石掉落，机器人从悬崖上摔了下来！她没什么大碍，

---

① 这是美国老掉牙的笑话，所以小孩不爱听。——编者注

但不幸的是，岩石砸死了两只野鹅，并打碎了他们的四个蛋。机器人站在那儿，看着可怜的野鹅一家，忽然听到附近某个地方传来一个细小的声音。她循声找过去，发现了一个陷在土里的完好的鹅蛋。机器人小心地捡起了鹅蛋，把他带走了。当小野鹅从蛋壳里孵化出来的时候，他看到的第一件东西就是机器人在瞧着他，‘妈妈！妈妈！’他细声细气地叫着。小野鹅认为机器人就是他的妈妈。从那天起，她就成了他的妈妈了。机器人把小野鹅作为她的儿子收养了，他们一起组成了一个有趣的幸福小家庭。讲完了。”

孩子们坐在那儿，想着萝丝的离奇故事。然后他们抬头看着她说：“后来呢？”

第十九章 交换故事

萝丝和孩子们有了一个新的保留节目。一周几次，他们会聚集在橡树下，萝丝讲述岛上机器人的故事。孩子们喜欢听机器人如何在泥石流、野熊袭击和严冬天气中存活下来，喜欢听机器人如何和岛上的动物们成为朋友。但是他们最喜欢的故事是关于机器人和她的儿子，那只小野鹅，他听起来像是一只特别好的小野鹅。

萝丝给孩子们讲述了一个又一个故事。可是她没有告诉他们，而且也不能告诉他们的是，这些故事是真实的，是关于她自己的。

孩子们也想参与讲故事的乐趣。扎雅讲述了关于龙和怪物的冒险故事。扎德讲了一些关于外星人的可笑故事。但随着孩子们与萝丝的相处越来越密集，他们开始谈论自己的生活了。

他们谈到了在乡下长大的经历。他们谈论他们的同学、朋友和家人。他们谈到了他们的父母曾经一起在农场里劳作，在那件事故发生前一切都是那么完美。

顷刻间，他们的生活天翻地覆了。他们的妈妈去世了，他们的爸爸受了伤。谢里夫先生试图独自经营农场，但有太多事情要做，而他现在很虚弱。农场的机器继续运转，像往常一样工作，但它们还需要被维护和监控。最终，机器开始坏掉，农场开始衰败。孩子们都不知道生活是否还能再恢复正常了。

“这就是我们买你来的原因，萝丝，”女孩说，“我们需要你来拯救这个地方。”

“而你现在完全胜任。”男孩笑着说。

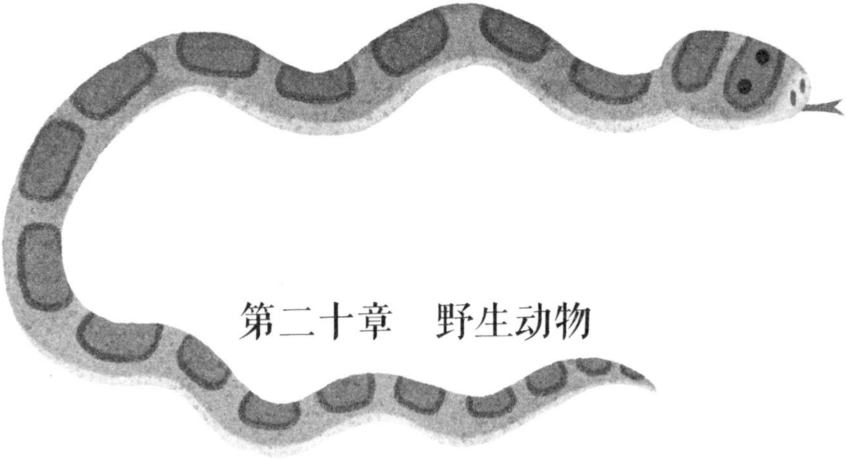

第二十章　野生动物

野生动物可以对农田有好处。昆虫给植物授粉，蛇吃害虫，啮齿类动物和鸟类以及其他动物的粪便都是天然肥料。萝丝想要农场里有更多的一些有益的生物，所以她故意让未使用的土地变得荒芜。地面上长出了杂草、花、木质的荆棘，和野生植物一起出现的便是野生动物。

但是后来，有些毫无益处的动物也偷偷摸摸地跑来了。一开始，萝丝注意到微风中飘浮着一股浓重的气味。她顺着气味来到了农场边缘一条狭窄的森林地带。在灌木丛中有一团团的兽毛，泥土里有爪印，还有血迹，很多血。然后她找到了尸体的残骸，一头鹿不久前刚被杀死并被吃掉了。

机器人的脑袋慢慢旋转着扫描这片区域。离尸体不远处有一堆粪便，看起来像是来自一只狗的。但是奥斯卡个头儿不够大，也不够凶猛，不可能杀死一头鹿。什么样的动物能做到这一点呢？

萝丝已经在农场的边缘站了好一阵了，她想象着谢里夫先生坐在他的办公室里，在电脑前看着她在地图上的位置。他随时都可能一瘸一拐地走到他的卡车上，然后沿着车道驶过来察看她。萝丝不想让这个男人苦恼，所以她离开了鹿的残骸，继续去做她的工作。但从那以后，她一直密切观察着各种的麻烦迹象。

第二十一章　狼嗥

不久，萝丝发现了更多的麻烦迹象。有许多毛茸茸的脸从灌木丛中探出来，麝香似的气味在田野里挥之不去。月光下有黑影跑过。

然后有一天晚上她听见了。

是狼发出的长长的、恐吓的嗥叫声。

第二十二章　狼群

袭击发生在黄昏。七只野兽的黑影跃过栅栏，进入了牧场。老安娜贝儿从牛群中走开落单了，结果她成了最易攻击的目标。放牧机看见狼来了，朝他们的方向驶去。但是狩猎

者们很聪明，他们分开行动，从笨重的机器旁边冲过去，包围了他们的目标。

狼群的首领是一只大个儿的公狼，他的名字叫煞斗，很容易看出他为什么叫这个名字。他速度又快又安静，全身都是黑色的皮毛，只有一条长长的、苍白的伤疤像彗星一样划过他的身体。

煞斗盯住了那头牛，用他那凶猛的目光来分散奶牛的注意力。当他的同伙们各就各位时，他下令："进攻！"

狼群猛扑过去，狠狠地咬着奶牛瘦削的腿。老安娜贝儿又踢又喊道："离我远点，你们这些畜生！"她是一只大型动物，但狼知道该怎么做。他们不停地咬她，不停地羞辱她，不停地折磨她。

牛群远远地看着。她大喊着向朋友求救——她们想帮忙，但她们害怕得不敢动。小读者，你可以猜到是谁来当救兵了。响雷般的脚步声轰隆隆地踏过牧场，萝丝加入了战斗。假如她抡起拳头或者踢脚，狼群可能就会逃走。但是这个机器人并没有被设定暴力程序，她所能做的就是笨拙地保护奶牛。

萝丝感觉到尖牙咬着她的手臂，感觉到利爪在抠抓她的胸膛。她的疼痛传感器闪烁起来，她咆哮道："离我们远点！"机器人洪亮的声音惊动了狼群，在那一瞬间，她甩开了一只狼。然后，老安娜贝儿重重地踢了一脚，另一只狼又向后滚倒在草地上。

更多的援助赶来了。其他的奶牛终于鼓起了勇气，愤怒的牛群正在冲过来。狼群错过了机会。煞斗沮丧地哼了一声，同伙们就退却了。他们奔过牧场，跳过篱笆，消失在树林里。

机器人启动了她的前灯，光束从她的眼睛里射出来。萝丝仔细地检查老安娜贝儿的伤势，这时候牛群也围拢了过来。

"我需要清洗和包扎这些伤口，"机器人说，"但你会没事的。"

"当然，我会没事的，"老安娜贝儿喘着气说，"我虽然老了，但精力还很充沛。那些狼别想吓到我。"

老安娜贝儿口气很强硬，但是她眼中带有毋庸置疑的恐惧。所有的奶牛都害怕了，她们知道如果狼群再次袭击，她们的下一个受害者可能就不会这么幸运了。

第二十三章　步枪

第二天早上狼群卷土重来。天刚亮不久，他们就从树林里跳出来，在牧场上追逐一只可怜的小奶牛。萝丝设法赶走了他们，但那天晚上，他们又回来了。牛群仓皇逃入牛棚，而狼群狞笑着跑回田野去了。

牛群被吓坏了，她们拒绝离开牛棚。如果这种情况继续下去，牛群的产奶量就会减少，农场就会赔钱，而谢里夫先生就会把萝丝送回工厂。必须做点什么才行。

咚！咚！咚！

狗叫了起来，孩子们打开了房门。

“你这些擦伤是怎么回事？”扎雅说。

“一切都还好吗？”扎德说。

“我必须和你们的父亲谈谈。”萝丝说。

谢里夫先生来到门口，萝丝解释了发生的状况。刚一提到狼，谢里夫先生就把孩子们送回他们的房间里去了。但是狗可以留下。奥斯卡不知道主人和机器人在讨论什么，他一边瞧着他们，一边快活地摇晃着尾巴。然而，当谢里夫先生递给萝丝一支步枪时，他的尾巴停止了晃动。那只狗见过开火的步枪，并且被它吓掉了魂。他急忙跑到灌木丛里躲起来，呜咽着，而这边谈话还在继续。

"你说你不能开枪，是什么意思？"男人喊道，"萝丝，你现在是一个农夫了，有时候农夫必须要杀动物！"这是谢里夫第一次对萝丝大喊大叫。她耐心地站在那儿，任他的话语和唾沫从嘴里横飞出来。"我的农场和我的家人都有危险！萝丝，我命令你杀死那些狼！"

"我不能服从这个命令，因为我没有被安装暴力程序。"

谢里夫先生重重地叹了口气，他知道萝丝是对的。可是当他伸手去拿回那支武器时，她却不肯放手。

男人盯着机器人。

机器人盯着狗。

狗盯着步枪。

奥斯卡还在呜咽，躲在灌木丛中。一看到步枪，他就惊慌失措。很难相信这样一只胆小的动物是狼的远亲。但是狗和狼是有血统联系的呀，机器人想，她的计算机大脑开始嗡嗡地活跃起来。她想到了狗、狼和步枪。她想到了煞斗，那个狼群首领，还有他身体侧面那条长长的、笔直的伤疤。然后她有了一个主意。

“虽然我不能开枪，”萝丝说，“但我相信枪能帮我解决狼的问题。”

谢里夫先生皱起了眉头。他不知道机器人想到了什么办法，但他很乐意让她自己去对付狼。“好吧，那就试试你的方法吧，”他说，“不要让我损失任何奶牛，否则我可能也会把机器人开除。”

第二十四章　虚张声势

牛群从牛棚里偷看外面的萝丝。机器人拿着那支步枪，走到牧场的另一边，把枪放到自己的脚边。然后，她开始用泥土和草涂满自己全身，可能还涂了一点儿牛粪。当她身体

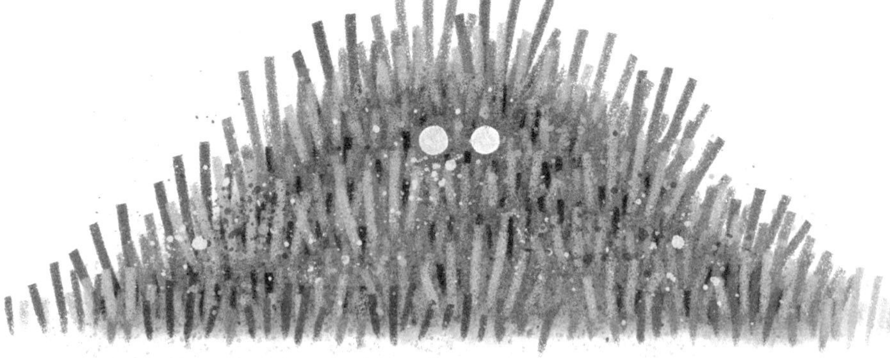

的每一寸都被掩盖起来，她就坐到地上，变成了风景的一部分，一丛普普通通的草。

奶牛们被弄晕了。

“萝丝在做什么？”

“她没事吧？”

“她去哪儿了？”

萝丝以前在荒岛上学会了伪装自己，现在她又要用一次这种伎俩了。

她一动不动地坐了几个小时，等着狼群出现。天色渐暗，星星出来了，月亮爬上了天空，但是狼群并没有出现。于是萝丝又尝试了一些新的花招。

机器人是一个绝佳的模仿者，她开始用一只受伤小牛的悲伤嗓音哭叫起来。“救命呀！”她哭叫道，“我的腿受伤了，我动不了了！”

蟋蟀嚯嚯嚯地叫。

“救命呀！”

猫头鹰咕咕咕地叫。

“我不能动了！”

小牛的声音继续哭喊着。终于，当月亮落到树林背后时，七只狼偷偷溜进了牧场。煞斗在前面带路，悄悄地在夜色中潜行。他长着一身黑毛，几乎完全看不见他，只有那条长长的、苍白的伤疤把他暴露了。狼群的鼻子闻了又闻，眼睛四处搜索，耳朵竖起倾听。然后，一丛青草开始窸窣作响。

“瞧啊，”煞斗小声说，“那小牛躲在高高的草丛里呢。”

“可我觉得有点不对头呀，煞斗，”一只母狼说，“这也太顺利了吧。”

“在这儿我说了算，芭布！”狼首领厉声说。

“斯拉士、乐克、方方，你们包抄过来等我的信号。”

三只狼冲了过去。当他们各就各位时，煞斗发出了信号，他的同伙们把受伤的小牛团团围住。随着每一个步子，草丛窸窸窣窣的响动也越来越大，后来连地面都仿佛在移动。然后地面真的动了！草和泥土纷纷坍塌，露出机器人站在那里，用步枪指着狼首领。

狼群呆住了。

“你好，煞斗，”机器人低吼道，“我的名字是萝丝。我从你的伤疤看出你很熟悉步枪的威力。你以前被枪击中过，你知道如果我扣动扳机会发生什么。”

小读者，你和我都清楚地知道，我们的机器人没有被安装暴力程序，萝丝不可能扣动扳机，即使她想这么做。但她其实并不想，她只是在虚张声势。当然了，煞斗对这些一无所知，这只狼只知道，他被击败了。于是他就做出了所有的狼在战败时的本能反应，他躺下来，蜷缩在机器人面前。这是有史以来第一次，狼首领露出了怯懦的样子。

“我不想伤害任何狼，”萝丝继续说，“但是，如果你们再回到这个农场，我就别无选择了。现在就请离开吧，再也不要回来了。”

煞斗夹着尾巴仓皇而逃。芭布紧跟着他，后面跟着其他的狼，很快整个狼群都消失在了夜色中。

第二十五章　夏天

春天融进了夏天，哪里都见不到狼群了。也许是萝丝把狼群彻底吓跑了，又或者是酷热的天气让他们远离。你可知道，现在是农场一年中最热的时候。太阳在燃烧，田野在炙烤，池塘越来越干涸，臭烘烘的气味弥漫在整个牛棚里。

在干旱肆虐期间，农场开启了强力洒水器。水喷出长长的雾状弧线，大地变成更深的暗绿色。当牧草田郁郁葱葱，准备收割的时候，萝丝就发动了割草机和打捆机。巨大的机器从棚子里驶出来，沿着长长的车道开进田里。没过多久，它们又往回开，留下一捆捆干草，散落在只剩草茬的田地里。

奶牛和人类在室内度过炎热的白天。只有当太阳终于落山，空气开始凉爽时，他们才会到外面去活动。牛群在星空下吃草，孩子们跑出来追逐萤火虫，有时甚至谢里夫先生也走出来伸展　下他僵硬的双腿。

树林在晚风中沙沙作响。

灼热的雷电在地平线上闪烁。

蝉们唱着夏日的小曲。

萝丝不干农活时，就在寻找逃跑的方法。一切都取决于孩子们，机器人需要他们的帮助，但她就是无法开口说出真相，那还是太冒险了。

谢里夫先生要求孩子们不要去打扰萝丝的工作，可他们并没有听话。他们偷偷溜出房子，要求机器人和他们一起玩，他们一起讲故事，骑自行车，躺在草地上看着松软的云朵飘过。

夏天是龙卷风的季节。有时，厚厚的云层会开始向下形成漏斗状，并伸向地面。到目前为止，那些漏斗云还来不及做任何破坏就全都退回天空去了。但是，龙卷风是迟早要来袭的。

第二十六章　龙卷风

气象预报说今天可能会有龙卷风。但是，虽然有科学设备，气象专家们仍然无法准确预测龙卷风将在何时何地发动袭击。所以，大多数农夫还是照常干农活，同时对天空的变化保持着警惕。

萝丝在田里，把一捆捆干草装到平板卡车上，与此同时，膨胀的云层不断地高耸，从南方升起。雨点轻轻拍打着她的身体，但她并没有在意。起风了，机器人仍然继续着她的工作。直到第一道闪电出现，萝丝才停了下来。她爬上卡车的后车厢，它自动驶过草地，驶向车道。

风暴迅速发展。黑云开始旋转着向下膨出，越来越低，越来越低，像一根巨大的、扭曲的手指指向乡村。龙卷风开始形成了。

当卡车到达车道时，萝丝大声喊："开快点！"发动机加速运转，轮胎扬起沙石，机器人紧紧抓住车帮。

漏斗云继续向下延伸。它从一排树梢扫过，树叶纷纷散爆在空中。灰尘在周围旋啊转啊，一边旋转一边越升越高。接着，龙卷风袭击了地面。

远处传来警报声。但是，龙卷风从田野里刮过来的时候，噪声越来越大，越来越怒气冲冲，警报声很快就消失在呼啸的狂风声中了。

卡车冲上了车道，进入了农场的建筑群。萝丝朝前看了看那些房子，看到了窗户里主人们惊恐的脸。“快去防风地窖！”她用最大的嗓音高喊道。然后她跳下卡车，跑去帮助谢里夫一家人。

树叶和棍棒四处横飞，抽打着机器人的身体，使她站立不稳。在她身后，农场房舍吱吱嘎嘎地响着，呻吟着。挤奶厅剧烈地摇晃着。随着一声长长的、恐怖的尖厉声音，整个屋顶被剥离并且随风飞走了。

后院出现了四个模糊的身影。谢里夫先生遮挡着脸，沿着房子墙根踉踉跄跄地向防风地窖跑去。他猛地打开地窖的门，挥手叫所有的人从地窖的梯子下去。奥斯卡先下去了，然后是扎雅，但是扎德却一动不动。

“快点啊，扎德！”他的父亲喊道。

男孩呆呆地站着，蓬乱的头发到处飞舞，他凝视着高耸的扭曲的龙卷风。他过去常做关于龙卷风的噩梦，可这不是噩梦，是真实的，而且越来越近。

云更快速地旋转。

风更大声地吼叫。

树都弯到了地上。

扎德突然感到被两条强壮的胳膊抱住，萝丝迅速把他往下送。谢里大先生从防风地窖里伸出手，拼命抓住他的儿子。就在萝丝用力把男孩推进父亲怀里的一瞬间，一阵狂风把地窖门猛地关上，却卷走了我们的机器人。

一开始，萝丝并没意识到她在龙卷风里。她一直等着落回地面，但风却把她卷得越来越高。她看见了许多树梢，许多屋顶和远处的田野。随着漏斗云的每一次旋转，她都看见更多的乡村出现在视野中。

机器人的生存本能在她脑中亮起警报，催促她保护自己，可是她又能怎么办呢？龙卷风在控制一切。风把她高高卷起，飞来绕去。萝丝几乎可以想象得出飞行就应该是这样的感觉，她想到了布莱特比尔。看来她的最后时刻将在她儿子的飞行世界中度过。

萝丝并不是被龙卷风卷走的唯一东西，灰尘、沙石、树叶、树枝、篱笆桩子和农场设备都在她周围打转转呢。机器人不断地被这些大大小小的飞行物击中。她压根儿没瞧见有个铁锹飞过来了，那个沉重的工具在龙卷风中旋转着，然后咣当一声，它击中了她的后脑勺。一切突然陷入黑暗，而萝丝仍然在天空中。

第二十七章　破碎的机器人

谢里夫一家发现他们的机器人电源关闭，躺在路边的排水沟里。她断裂的左腿压在身体下面，右胳膊缠绕在树干上，全身布满了新的擦伤和凹坑。

全家人一起把萝丝抬到小货车的车厢里，奥斯卡正在那儿等着。当谢里夫一家人进了车厢时，狗嗅了嗅萝丝受伤的身体。蓝波乐掉转过车头。

路上到处都是龙卷风留下的残骸垃圾，卡车不得不慢慢地行驶。在颠簸的车厢里，扎德按下了萝丝后脑勺上的按钮。她的电源启动了，用一种乱码的声音自动说道：“你好，我是7134号罗森……森……森……森姆，但是你可以叫我萝丝……丝……丝。”

奥斯卡舔了舔可怜的机器人的脸，扎德靠近过来。“萝丝，你能听到我说话吗？你还好吗？”

“你好……好……好，扎德。我的胳膊和腿断……断……断了，我……我……我的计算机大脑也受了轻……轻……轻微的损坏。我的系……系……系统正在自……自……自动修复。请……请……请稍候。”

当机器人的恢复程序完成了任务时，她的眼睛发出一闪一闪的红光。很快，萝丝听上去又像她的老样子了。“我的计算机大脑现在功能齐全了。”

扎德一把抱住机器人，抽泣起来。“我很抱歉，萝丝！龙卷风把你卷走都是我的错！请别生气！”

扎雅也哭了，她用一个大大的拥抱，把她的哥哥、她的狗和她的机器人紧紧地抱在一起。谢里夫先生不太喜欢拥抱，但他伸过手去，把手放在了萝丝的肩上。他们就那样待了好一阵，静静地互相拥抱着。龙卷风造成的冲击刚刚过去，能在一起感觉真好。

“谢里夫先生，我很抱歉没有得到你的许可就离开了农场。”机器人说。

男人笑了。“不需要道歉，萝丝。我很高兴你还活着。”

“奶牛怎么样了？”萝丝说。

“农场一团糟，但是奶牛们还好。”谢里夫先生说，“我们马上带你去修理店，你很快就会和牛群在一起的。”

第二十八章　修理店

那是一个小小的、宁静的农场小镇。几辆卡车在街道上行驶，几个人闲坐在门廊上，几家商店排列在主广场上。蓝波乐停在一幢纯白色的建筑物前。然后，谢里夫留下孩子们陪着萝丝，自己一瘸一拐地走了进去。

“欢迎来到技术实验修理店！”一个穿白色工作服的女人说，“我叫娜丁，我能为你做什么？”

商店里展出的各种机器人吸引了谢里夫先生的注意力。他们有各种各样光彩夺目的设计、尺寸和颜色，他们静静地站着，眼睛闪闪发光，平静地等待着有人来给他们安排工作。当谢里夫先生看到了一个罗森姆型机器人时，才突然想起自己为什么来到这里。

“我是山顶农场的老板，”他说，“我们刚刚被龙卷风袭击了。”

“我听到了警报声！”娜丁说，“大家都还好吧？”

“我的家人没事，但是我带来一个损坏了的罗森姆型机器人，就在外面。”

那女人回头喊道：“帕奇！把罗森姆型修理工具箱拿来！”

一个机器人搬着一个大箱子走进了房间。他看起来很像一个罗森姆型机器人，但他更矮更宽一些。“帕奇”这个词在他的身体上浅浅地刻着。谢里夫先生把娜丁和帕奇领到了卡车边，孩子们正和他们的机器人朋友聊天呢。

帕奇很快地扫描了萝丝破碎的身体，并报出了维修费用。谢里夫先生抚摸着下巴，仔细盘算来盘算去，直到孩子们脱口喊出：“把她修好就行！”

谢里夫先生点了点头，然后帕奇开始行动。这个机器人动作流畅而又精准，将萝丝轻轻放在地上。然后他抓住她的断胳膊和断腿，扭了扭。每一条胳膊和腿的关节都松了，发出噗噗的响声。然后，他从箱子里取出了新的胳膊和腿——噗——把它们安装到位。几秒钟之内，萝丝就恢复了原样，站了起来。

“机器人的能力总是让我吃惊。”谢里夫先生赞叹着萝丝闪亮的新胳膊和新腿。

“罗森姆型号机器人是制造商最成功的作品了，”娜丁说，“不过，你这一台是我们最基本型的机器人。你需不需要让我们升级她的软件，或者调整她的设置，或者磨平这些划痕呢？”

“要加钱吗？”

娜丁笑了。“恐怕要加些。”

“这个最基本型机器人就很好了，”谢里夫先生说，“但是我需要订一个修理队。你能派人来修复我的农场吗？”

“没问题，”娜丁说，“我马上派一个小队过去。”

第二十九章　灾后

山顶农场几乎认不出来了。建筑物都被夷为平地，设备丢失了很多，到处都是废料垃圾。农场没有电，电脑系统也瘫痪了。当萝丝从瓦砾中走过去的时候，她意识到自己已经脱离了电子监控网络。要过好几个小时，谢里夫先生才能再次追踪到她的电子定位信号。

这是她逃跑的时刻吗？

不。萝丝不能离开谢里夫一家，不能在这个时候离开。恰恰相反，她要尽一切可能来帮助他们。

龙卷风留下了一条弯弯曲曲的破坏路线。谢天谢地，它并没有毁掉一切。牛棚向一边倾斜着，但仍然没有倒下。萝丝使劲打开门，发现奶牛们紧张地挤在一个角落里。

“你们现在都安全了。”萝丝用最镇定的声音说道，“大家都感觉如何？”

机器人得到的回答是此起彼伏的哞哞声。

“你觉得我们感觉如何？”

“我都快吓死啦！”

“我的一生都在我眼前闪过！”

机器人举起手来让大家安静下来。“很遗憾的是，龙卷风摧毁了农场的大部分地方，包括挤奶厅。”

牛群倒吸了一口凉气。

“可是我的乳房快要胀破了！”苔丝喊道。

“你想让我用老式的方法给你手动挤奶吗？”萝丝说。

看了一眼机器人那双钳子般的机械手，苔丝赶紧摇了摇头。“算了吧，谢了，”她说，“我可以等。”

“一队灾后应急人员正在赶过来，”萝丝解释道，“但我们不能在他们工作的时候待在这里。请跟我来。”

萝丝小心地把牛群带到了外面，穿过废墟，来到牧场。一些栅栏不见了，放牧机也坏了，但是奶牛们保证她们不会乱走，便开始在风刮过的草地上吃起草来。

三辆大卡车轰隆隆地驶上车道。车门忽地一下打开了，一群机器人工人爬了出来。领头的机器人跟萝丝交接了一下情况，其他机器人从卡车上卸下设备。然后这群机器人就开始工作了。

电力工具嗡嗡响起来，废墟被清除掉，栅栏被修补好，该挖的洞也都挖好，农机都被修好或换了新的，横梁、墙壁和屋顶又架了起来，设备、管道和电线也安装好了。很显然，这些机器人是被设计成一个团队进行工作的。

谢里夫一家人走了出来，和萝丝站在一起。他们看着农场在他们眼前重建。几个机器人团队成员爬上住宅的屋顶，修补了屋顶上的一个洞，然后换掉了破碎的窗户。最后，瓦砾和工具都被装载到卡车上，机器人工人列队集合了。

“您对我们的工作满意吗？”机器人首领说。

“我很满意。”萝丝说。

听到这话，机器人们爬回到他们的卡车上，开车走了。在被龙卷风摧毁几个小时之后，山顶农场比过去更牢固了。

第三十章　礼物

孩子们走进机器棚，经过一排排停放着的农场机器，发现萝丝正在调试运牛奶的卡车。

“我们有个礼物要送给你。”扎德笑眯眯地说。

男孩递给她一个用银纸包裹的，上面有一个红色大蝴蝶结的盒子，机器人感到了一种惊讶的情绪。

“你能猜出是什么吗？”扎雅说。

萝丝猜了起来：“一个桶？一块石头？一个锤子？一只乌龟？一罐——”

“好啦，好啦，别猜了。”扎雅说。

“别忘了读一读卡片噢。”扎德说。

蝴蝶结下面有一张小卡片。萝丝打开它，读到了下面的话，这些话是用扎德的乱糟糟的字迹写成的：

亲爱的萝丝：

谢谢你把我们的农场和家庭都照顾得这么好。我们把所有的积蓄都花在这个礼物上了，所以你最好喜欢它。

爱你的

扎雅和扎德

又及：请尽快多给我们讲一些那个小岛上的机器人的故事。

“谢谢你们的漂亮卡片，”萝丝说，“虽然字还可以写得更好一点儿。”

扎德翻了翻白眼，说：“你就打开礼物瞧瞧嘛！”

机器人解开了蝴蝶结，撕下了包装纸，拎起盒子的盖子。里面是一条工具带，它由深色皮革制成，宽大的皮带上有不同大小的口袋，用于存放不同种类的工具。

“我们认为这可能会让你的工作更轻松一点儿。”扎雅说。

“这是专门为罗森姆型机器人设计的，”扎德说，“所以它应该非常适合你。”

孩子们帮萝丝佩戴上她的新工具带。它斜斜地环绕着她的身体，而不是像普通腰带一样环绕着机器人的腰部。扎德把它搭在萝丝的左肩上，然后挂下来绕过她的右胯部。扎雅将带子穿过皮带扣，系紧，让工具带舒适又安全地斜挎在她的胸前。

“你喜欢吗？”扎雅问道。

“非常喜欢，”萝丝说，“谢谢你们送我这么可爱的礼物。”

孩子们笑了，拥抱了机器人，他们似乎真的很关心她。萝丝想知道他们的爱是否足以能帮助她逃离农场。总有一天，她不得不破釜沉舟，告诉他们真相。然而，眼下她所能做的，也就是把扎雅和扎德带到橡树下，给他们讲关于荒岛机器人的另一个故事。

第三十一章　篝火

柴烟从后院升起，飘过农场。萝丝正在为谢里夫家人生一堆篝火。在过去的荒岛生活中，机器人是用特殊的石头敲打出火星来点火，而在新生活中，她用一个打火机点火就行了。

一家人围坐在摇曳的火苗旁，凝望着天上的星星。狗在温暖的地面上伸着懒腰。机器人站在附近，但她的思绪却远在天边。她的计算机大脑正回溯到记忆中的篝火，以及和布莱特比尔一起看星星的情景。

大家把松软雪白的棉花糖往树枝上一穿，放到火焰上面烤。孩子们看到棉花糖被火焰燎着了，都笑了起来。他们喜欢外焦里黏的棉花糖，而他们的父亲则更喜欢把棉花糖烤成均匀的棕色。当谢里夫一家人嘴里没塞满棉花糖的时候，他们就天南地北地聊天。

“那是空间站，”扎雅指着一个小圆点说，那个小圆点在天空中慢慢移动着，“我不敢相信有人住在那儿。”

“动物也住在那里，”扎德说，“空间站有个农场。我们应该把我们的奶牛弄上去，让那些太空农夫瞧瞧行家是怎么干的！”

“我认为我们的奶牛待在地球上就心满意足了，”谢里夫先生说，“我也是。”

当棉花糖全吃光了，扎雅和扎德依偎着奥斯卡，凝视着火焰，要求父亲给他们讲讲过去的日子。但是孩子们太舒服以至于渐渐睡着了，所以谢里夫先生就转而对萝丝讲起来。

“当我还是个小孩子的时候，我们总是生篝火。”男人用他的棉花糖扦子捅了捅煤块，烧红的火星飘到空中，“全家人就这样围坐在一起讲故事。我们在这儿过得很好。但后来我的弟弟和妹妹搬到城里去了，我的父母都老了，大家都期望我接管农场。”

“我没法独自一人经营这个地方，”他继续说，“所以我雇了扎米拉。我干农活，她管生意。我们是一对好搭档，然后我们相爱了。”

“扎米拉怀上了扎德之后，我们买了几台自动机器来做帮手。后来怀了扎雅，我们又多买了几台自动机器。如果我知道其中一台机器会导致她的过世……”这个农夫的声音渐渐消失了。

萝丝想知道更多有关扎米拉、谢里夫先生以及他的其余家人的事情。但是，一个正常的机器人是不会问私人问题的，所以她把问题咽回肚子里，又往火堆上扔了一块木头。

第三十二章　老谷仓

很久以前，山顶农场是一个非常不同的地方。最初的农夫种植菜园和果园，他们饲养小鸡、绵羊和山羊。从那以后，农场发生了很大变化，但仍留有一些过去的迹象。低矮的石墙画出一些田地的边界，一辆生锈的拖拉机停在杂草丛中，而在一片茂密的树林里，藏着一座老谷仓。

这个谷仓已经有好几代人没用过了，这些年，树木在它周围悄然生长，苔藓也在它的屋顶上蔓延开来。但是谷仓依然坚固结实，萝丝想瞧瞧里面。

大谷仓的门在轨道上嘎嘎作响。“喂？”机器人说着，朝黑暗里望去，“这里有人吗？”

一只老鼠吱吱地叫着跑没影了，谷仓里只剩下萝丝自己。她走进门，启动头部照明灯。厚厚的木梁在仓内巨大的空间里纵横交错。楼梯和斜坡向上通往阁楼和平台。墙上的挂钩

上挂着灯笼。老式的农场用具散落在各处。谷仓里还能闻到微弱的家畜气味，虽然这里已经很多年没有家畜生活过了。

一个大箱子放在工作台上，上面满是灰尘。萝丝小心地打开盖子，查看里面的东西：一堆农业杂志，一副皮手套，一个铅笔头。然后她注意到了一个小笔记本。封面上优美地写着“塞勒斯·谢里夫”这个名字。里面满是他手写的笔记和关于饲养牲畜、种植作物和建造谷仓的手绘图，以及如何用强壮的动物和简单的机器来耕种土地。

塞勒斯·谢里夫也记下了他对于农业悠久历史的思考。他认为，现代世界的整个存在都归功于远古的农耕时代，那时早期人类开始种植食物。那些农场又小又原始，但农场养活了村庄，那些村庄演变为小镇，然后又演变为城市。

这些文字是如此的睿智和深刻，以至于萝丝把这个小笔记本从封面一直读到了封底。读到最后，她觉得好像已经认识了这个塞勒斯·谢里夫，不管他是谁。这个笔记本可是一个宝贝，她把它塞进她的工具袋里保存起来。

第三十三章　秋天

秋天的色彩正在席卷整个农场，夏天郁郁葱葱的绿色渐渐变成了红色和棕色。庄稼被收割了，树叶落了，乡间的景色变得光秃秃、灰蒙蒙的。

在山顶农场，奶牛们在所剩无几的草地上吃草，放牧机在附近徘徊。田野机器正在为田地过冬做准备工作。无人机每天都在农场上空绕几圈，但整个秋季都没有什么动静可以汇报。

虽然扎雅和扎德都忙于上学，但他们总能为萝丝腾出时间。孩子们从来听不厌机器人讲的故事，他们也从不厌倦分享自己的故事。

蜜蜂、老鼠、鹿、青蛙、浣熊、松鼠和蛇都在为寒冷天气做准备。鸟儿们也在做准备：猫头鹰把他们的巢好好修整一番，乌鸦忙着储存橡实，燕子们仍在农田里掠过来冲过去，但他们很快也要离开去过冬了。从现在开始，其他候鸟随时都将开始他们飞往南方的长途旅行。

第三十四章　快乐的野鹅

一群野鹅刚刚降落在山顶农场，这是今年的第一群秋季移民。野鹅们在池塘里游来游去，清洗它们的羽毛，啃食水草。但是当萝丝向他们挥手打招呼时，他们都停下了正在忙活的事情。

机器人从来不会忘记每一张她见过的面孔，所以她确信自己根本不认识这些野鹅。不过他们似乎认识她。在她还没来得及自我介绍之前，鹅群的头领就嘎嘎叫起来："你是叫萝丝吗？"

机器人注视着那只鹅。"是的。"

"你会讲动物的话吗？"

答案很明显，但萝丝还是礼貌地回答："是的，我会讲动物的话。"

"你是不是收养过一只野鹅做儿子？"

"是的，我收养过！"萝丝说，"他的名字叫布莱特比尔。”

此时，一个声音脱口而出：“那些故事都是真的！”野鹅群突然都笑了起来，聚拢到机器人身边。当这一阵激动骚乱平息下来之后，那只领头鹅解释道：“我们一路上都听到关于一个可以和动物说话的机器人的传言，说她有一个野鹅儿子，现在被困在一个农场里。我们觉得这听起来很可笑，可是没想到你居然真的存在噢！”

野鹅们非常高兴遇见我们的机器人。他们在池塘里逗留了两天，每当萝丝走近时，他们就和她聊天。然后他们继续向南，朝他们的越冬地飞去了。

另一群野鹅到来了，同样的事情再次发生了。萝丝对他们表示欢迎，他们很高兴见到了传说中的机器人，然后他们继续往南飞。此后，同样的事情一次又一次发生。不久以后，快乐野鹅的到来和飞走就成了机器人秋季日常生活的一部分了。

温提普的鹅群又如往年一样，落在了其他野鹅群的后面。当萝丝看到他们水花四溅地落到池塘上时，她又燃起了希望，也许他们能够带来她儿子的消息。但悲哀的是，这些野鹅也没带来新的线索。当鹅群起飞，离开萝丝后，她开始怀疑今生今世还能不能再见到布莱特比尔了。

第三十五章　记忆

萝丝仍然梦想着逃离，回家去和儿子团聚。但是她的梦想变得越来越渺茫，她快要绝望了。现在她该接受她的新生活，忘记她的旧生活了吗？

忘记。

萝丝为这个词感到难过。你看，她的计算机大脑记住了她在岛上生活的每一个细节，一想到自己可能永远也不能回到那里，她就很伤心。但其实，机器人是可以忘记的，她可以抹掉过去的记忆，就像一切从来没有发生过一样。她现在沉重的心情就会消失。可是，如果没有了记忆，那她会是谁呢？不，萝丝想要记住她过去的生活。幸亏是这样，因为她过去生活中的某个人就要出现啦。

第三十六章　不同寻常的鹅群

又有一个野鹅群飞向山顶农场。这个野鹅群可不同寻常，他们没有像其他野鹅群一样飞向南方，却反而向北方飞，排着一个完美的V字队形，领队的是一只年轻、优雅的野鹅。

这群野鹅绕着农场的建筑飞了一圈，然后小心翼翼地降落到牛棚院子里。领头的野鹅对其他野鹅低声说了几句话，然后他就从牛棚的门飞了进去。

当这只野鹅落到牛棚中央的栏杆上时，厩栏里的奶牛们都抬起头来。然后，这只野鹅清了清嗓子，摇了摇尾羽，向牛群宣布："我正在寻找一个叫萝丝的机器人。我的名字叫布莱特比尔，我是她的儿子。"

第三十七章　团聚

牛群那边有点不对劲，他们兴奋的哞哞叫声从牛棚那边传来，响彻了农场。萝丝把晚间送牛奶的卡车送走，便急急忙忙地跑去瞧瞧是怎么回事。当她走进牛棚时，发现奶牛们都挤在一起。机器人开始往里挤的时候，奶牛们都笑着转向她。

然后萝丝就看到了他。

她心爱的儿子——

布莱特比尔。

你知道的，小读者，机器人不像动物一样，能感觉到热烈的情感。可是就在此刻，就在这个牛棚里，没有人怀疑萝丝当时的感受。她向前冲去，把儿子抱进怀里。

“布莱特比尔！”她喊道，“真的是你吗？”

“真的是我！”布莱特比尔用鼻子蹭着他妈妈的脸。

“可是你是怎么找到我的？”萝丝问道。

“妈，你出名了！越冬地所有的野鹅都在谈论你呢。一开始是那些迁徙途中在这里停留过的鹅群，他们把你的故事和他们遇到的每只鹅分享。你的故事从一个鹅群传到又一个鹅群，从北到南，从东到西。最后，你的故事传到了我这儿。我一听到你的下落就马上动身了。我甚至没有来得及告诉其他鹅——”

“但是我们追上了他！”劳德雯，那只老野鹅，扑扇着翅膀飞过牛群，轻轻地落在一头奶牛的背上，“布莱特比尔并不是唯一想见你的人，萝丝！”

鹅群的其余成员也都出现了，机器人发现自己被老朋友和家人包围了。牛棚里到处都是嘎嘎声、哞哞声、大笑声和欢呼声。然后，传来了一个响亮清晰的声音，只有机器人能听懂。

“萝丝！你在做什么？”

动物们全都安静了。萝丝慢慢转过身来，站在门口的是扎雅和扎德。孩子们看到了一切。

第三十八章　真相

小孩子有时候也挺狡猾的。当扎雅和扎德听到从牛棚传来的骚动时，他们就悄悄地溜过去查看。而他们果然看到了一个非常奇怪的场景。萝丝站在牛棚的中央，被整群奶牛簇拥着。不知什么原因，有一群野鹅也在那儿，一只野鹅正被机器人抱在怀里。而最让孩子们迷惑不解的是，萝丝刚才发出野生动物的叫声。

问题是，孩子们不光会鬼鬼祟祟，他们也很聪明。扎雅和扎德没多久就想明白了这个奇怪的场景是怎么回事。

“萝丝给咱们讲的，关于那个岛上机器人的故事，”扎德对他的妹妹说，“其实讲的就是她自己。”

“萝丝抱着的那只野鹅，”扎雅对她的哥哥说，“肯定就是她的儿子。”

萝丝讲过的所有故事都涌到了孩子们的脑袋里。机器人，荒岛，野生动物，冒险经历。那些故事似乎太离奇了，它们都是真的吗？

“你们说对了，孩子们，那些机器人故事就是关于我自己的，”萝丝承认道，声音中带着一丝悲伤，“好多次我都想把我的过去告诉你们，但我怕真相会吓到你们。”机器人向她怀里的野鹅示意，“这是我的儿子。他的名字叫布莱特比尔。”

喏，小读者，孩子们还有一个重要的品质。除了鬼鬼祟祟和聪明之外，他们也很有同情心。孩子们关心别人，关心世界，所以当扎雅和扎德望着萝丝和布莱特比尔时，他们幼小的心灵里充满了同情。

“请不要把我的事告诉你们的爸爸，”萝丝说，“对他来说，我只是一台机器。如果他知道了真相，他会把我送回机器人工厂，我将在那里被摧毁。但是你们必须做你们认为正确的事情。现在我的生命就掌控在你们手中。”

孩子们互相看了看，笑了。

“别担心，萝丝。”扎雅说。

“你的秘密在我们这儿是安全的。”扎德说。

第三十九章　盟友

扎雅和扎德愿意付出任何代价，让他们自己的妈妈重新回来，所以他们懂得布莱特比尔和萝丝重聚那一刻的感受是多么幸福。但他们也明白，这个快乐的时刻不会永远持续下去。布莱特比尔不能生活在山顶农场，萝丝也不能在他们的爸爸身边做真实的自己。生活似乎太不公平了。

孩子们明白接下来应该怎么做。

“萝丝，你得回家。”扎雅说。

“你需要和你的家人还有朋友一起在你的岛上生活。”扎德说。

“我也希望我能回家，但你们的父亲绝不会允许的。”萝丝说。

“那就逃跑呗！”女孩说，“我曾经逃跑过一次——很容易！但是后来我觉得饿了，所以我就回家给自己做了一个三明治。”

“逃跑对你来说可能很容易，但对我来说并不简单。”萝丝说，“你们的父亲能监控我的活动。如果他看到我试图逃跑，他会认为我有故障，他会把我送去摧毁的。”

扎雅脑子里突然冒出一个令人不安的问题。“萝丝，别误会啊，”她说，“你有没有可能就是有故障的？”

“别这么说，扎雅！”她哥哥喊道。

“不，没关系。”机器人说，“我也问过自己同样的问题。我不觉得自己有故障，但我感觉自己是……不同的。与众不同就是有故障吗？”

“我不这么认为。”扎雅说，“否则我们都是有一点儿故障的了。”

“你救过我的命，现在我要救你的命了。”扎德说道，眼里带着坚定的神情，“我知道你只能搜索农业方面的信息，萝丝。所以让我们俩去上网搜索吧，总会有一种方法让你安全逃脱，但我们需要时间来制订一个计划。”

机器人和她的儿子用动物语言交谈了几句，然后她对孩子们说：“布莱特比尔必须尽快带领他的鹅群回它们的越冬地去。不过，他可以在春天回到这儿来。”

男孩慢慢地点点头：“到那时我们就该把你的事准备好了。”

女孩一副忧心忡忡的样子：“萝丝，就算你能安全地逃离农场，你怎么才能一路回到你的岛上呢？”

“把这个问题留给我和布莱特比尔吧。”机器人说，“我们会一起找到回家的路，我对我们俩有信心。我也对你们两个有信心。”

第四十章 本能

接下来的几天过得飞快。萝丝匆匆做完她的日常工作，以便能有更多的时间和野鹅群在一起。野鹅们聊到小松鼠奇特查特、河狸比沃先生以及岛上的其他动物。萝丝讲述了机器人工厂、农场的生活以及谢里夫一家人。

但是野鹅们总会被他们的本能唤醒，本能正在召唤他们

回到温暖的越冬地去。一天早晨，当他们醒来发现一层薄薄的雪覆盖了乡村时，他们便知道该走了。

萝丝和布莱特比尔奇迹般地团聚，却又不得不再一次告别。野鹅群和萝丝一起站在牧场上，孩子们和奶牛群在一旁看着他们。布莱特比尔飞到他妈妈的肩膀上，用翅膀抱住她的脸。

“我会在春天回来的，”鹅儿子说，“然后你和我就去找回家的路。”

“要小心，”机器人说，“我可不想再失去你了。”

“我们会让你的儿子远离麻烦的。”劳德雯笑着，粗声大气地说。

野鹅们向萝丝和他们的农场新朋友挥翅告别。然后，布莱特比尔摇了摇尾羽，拍打翅膀，带领他的鹅群起飞了。

第四十一章　冬季

萝丝住在荒岛上时，冬天就像一场漫长而酷烈的暴风雪。但是在山顶农场，冬天并不那么难熬。气温下降然后又上升，暴风雪来了又走了，雪堆积起来又融化了。

萝丝花了一冬天来准备农场的春耕工作。她想要在自己离开时，农场的一切都是完美的。她把机器调理好，用剪下的陈草和动物粪便制作了肥料，并且计划好在哪些地里播种哪种庄稼。她仔细地照料牛群，确保每一头奶牛都是快乐健康的。她还列出了长长的日用必需品清单，然后谢里夫先生就下了大订单采购。

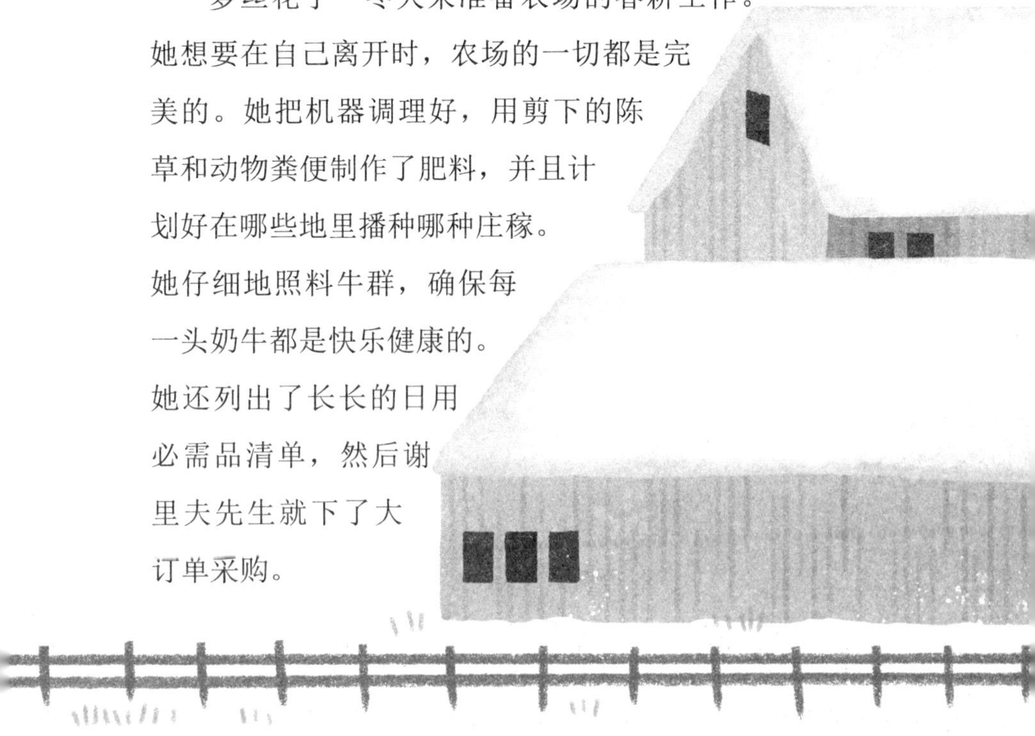

牧草机把一捆捆干草拖进牧场，奶牛们聚集在一起大嚼起来，嘴里冒出蒸汽。有些奶牛被“挤干了”，直到生小奶牛的季节后才会再次产奶。其他奶牛像往常一样，每天两次去挤奶厅。牛奶装满了一个个瓶子，瓶子装满了一个个箱子，牛奶车驶出去运送下一趟了。不管季节如何更换，农场都有条不紊地运转着。

每天放学后，扎雅和扎德跑进他们的卧室立刻就开始做作业。作业完成后，他们的秘密研究就开始了。他们研究罗森姆型机器人的设计、制造和维修，希望能为萝丝找到安全逃生的办法。这些信息可不容易找到，但孩子们很聪明、很执着。努力了几个星期之后，他们终于找到了他们想要的东西。

第四十二章　计划

扎雅按下挤奶厅旁边的一个按钮，门嗡嗡地开了。她和她的哥哥走进去，经过锃光瓦亮的管道和储奶罐，来到正在清理一些设备的萝丝的身边。

“我们找到了你的设计图！”扎雅说，“我们认为我们可以帮助你逃跑了！”

“问题在于你的信号发射器，”扎德说，“那是发出你的电子定位信号的装置。如果我们可以移除你的发射器，你就可以随时逃跑，没有人能够跟踪你。”

“你知道怎么移除它吗？”萝丝问。

“我觉得可以。”男孩紧张地笑了笑，“但我们得把你打开看一看才能确切地知道。”

“我们必须在深夜里做这件事，”扎雅说，“趁爸爸睡着的时候。”

“我们只需要找到一个可以秘密工作的地方。”扎德抚摸着下巴说。

“那个老谷仓怎么样？”萝丝说，“它又安静又隐蔽。我今天就可以把谷仓准备好，今晚你们就可以给我动手术。”

大家都同意，计划就这样定了下来。

第四十三章　手术

午夜时分，孩子们躺在床上，一点儿睡意也没有。扎雅和扎德正等着他们的父亲睡着。他深深地打起呼噜之后，孩子们便蹑手蹑脚地走过他的卧室，下了楼梯，走出了后门。

他们偷偷摸摸地走过农场，来到一丛树旁。老谷仓就在那里，影影绰绰地矗立在矮树丛中，像一座山一样。谷仓门开了一道缝，一道亮光泻了出来。孩子们走进去关上了门，走过木栏杆，走上楼梯，来到谷仓深处角落里的一个平台上。墙上挂着几个灯笼，柔和的灯光投射在一张大桌子上。机器人就站在桌子的后面。

“嗨，孩子们，”萝丝说，“你们觉得我们的手术室怎么样？”

“有点暗，”扎雅说，“不过还行。”

扎德从口袋里掏出电脑，调出萝丝的身体结构图，他的脸因担心而绷紧了。“我们以前可从来没有做过这样的事情。”

“尽你们最大的努力吧。”萝丝说着，拍了拍他的后背，“我不会强求你们的。”

机器人解开她的工具带，把它挂在栏杆上。然后她平躺在桌子上。手术该开始了。

扎雅低头看着萝丝。“你准备好了吗？”

萝丝向上看着扎雅。“准备好了。”

女孩在机器人的脑后摸了摸，手指找到了按钮，按了下去。

咔嗒。

萝丝的身体放松了。

她那安静的嗡嗡声慢慢停止了。

她的眼睛渐渐转黑了。

扎德深深地吸了一口气。然后，他把机器人的头抓在手里拧着——噗——拧下来了。在刚才头部所在的光滑插座上，有另一个按钮。扎雅按了一下，机器人的胸部就打开了。他们往胸腔的洞里面看，看到一团管子连接着网格状的一个个盒子：这些就是机器人的电子器官。

“那就是发射器。”扎德指着说。孩子们把手伸进机器人的胸膛，小心翼翼地取出一个盒子和一根管子，放到桌子上。

“这很容易嘛！”扎雅说着，露出微笑。

“其实，我觉得这个才是发射器吧。”扎德说着，取出了

另一个盒子，然后扎雅取出了另一根管子。男孩查了一下他的电脑，说："我可能弄反了。"他又取出了另一个盒子，一颗汗珠顺着他的前额滚落下来。

"等等，我想我们应该重新来过。"扎雅用胳膊肘把哥哥推开，然后开始把零件往机器人的胸腔里塞回去。

"不是这么弄的。"扎德用胳膊肘推开他的妹妹，又开始往外取零件。

我不知道你怎么想，小读者，反正我是有点被搞糊涂了。很显然，孩子们也是。不一会儿，萝丝的内部零件就散放了一桌子，没人知道哪个零件该放哪里。

"你为什么要取出这么多盒子？"扎雅嚷道。

"你为什么要拆掉这么多管子？"扎德嚷道。

兄妹俩争吵了一会儿。

然后他们静静地坐了一会儿。

孩子们又累又焦躁，害怕他们再也不能让萝丝恢复原状了。扎雅瘫倒在桌子边，看着天花板。然后，她的目光慢慢地转到那些发出朦胧光芒的灯笼上。她有了一个主意。她爬上一根木栏杆，从钩子上抓起一个灯笼，爬了下来。当她把灯笼靠近萝丝的身体时，扎德注意到每一个内部零件上都浅浅地刻着不同的数字。现在事情开始有头绪了，孩子们很快就拿起了正确的盒子和管子，并把机器人重新组装好，然后启动了她。

咔嗒。

萝丝的身体绷紧了。

她那安静的嗡嗡声慢慢响起来了。

她的眼睛开始发光。

但是她一句话也说不出来。

“你还好吗？”扎德说。

萝丝指指她的嘴。

“你能说话吗？”扎雅说。

萝丝摇了摇头。

“她说不了话！”男孩叫道，“我们一定是把什么零件放错地方了！”

咔嗒。

孩子们打开萝丝的身体，重新整理了她的一些内部零件，然后又把她重新组装起来。

咔嗒。

萝丝通了电，开口说：“孩子们，我现在可以说话了，但我不能动弹。”

咔嗒。

经过几个小时的反复实验和错误纠正，随着晨光照进谷仓，手术终于成功了。萝丝站起来，扫描了一下她的内部零件，说：“孩子们，你们做到了！你们取掉了我的发射器！非常感谢你们的帮助。”

“不客气。”扎雅哈欠连天地说着。

扎德查看了一下他的电脑。“我还能在地图上看到你的信号。”他说，“你的发射器还在运作，所以你要把它带在身边，直到离开农场为止。”然后他把这个小小的电子设备塞进了机器人的工具带。

“孩子们，现在有一个坏消息，”萝丝用严肃的口气说，“我知道你们整晚都在熬夜，但是恐怕你们俩都该准备上学了。”

第四十四章　耐心的机器人

被困在山顶农场将近一年之后，萝丝现在可以随心所欲地离开了。可是，如果没有布莱特比尔的导航，她还是走不远的。于是，机器人耐心地等待着春天的到来，等待她的儿子回来，这样他们就可以一起开始漫长的回家之旅了。

第四十五章　牛棚对话

冬天的日子过得慢吞吞的，萝丝把更多的时间花在了牛群上。在漫长的安静时光里，奶牛们咀嚼着干草，机器人敲击着农场电脑，风轻轻地拍打着窗户。然后会有牛开始说话，其他牛会插嘴，牛棚的安静会逐渐被以下这样的聊天所取代。

“我太无聊了。”苔丝盯着地板，“真巴不得春天马上就到，我就可以在高高的草丛中漫步，享受温暖的阳光照在我的背上了。而现在我只希望我别因为无聊而咽气！”

老安娜贝儿哼了一声。“你们这些年轻的奶牛都被宠坏了，”她说，“你的生活是如此轻松，竟然还有的可抱怨！”

苔丝翻了个白眼。“是啊，是啊，我们应该珍惜现状，你可不是第一次说了。”

“可不，你就是应该感激你所拥有的一切嘛！”老安娜贝儿说，“我在其他农场住过，相信我，你真没什么可抱怨的。”

苔丝忍不住好奇起来，她说：“那些其他农场是什么样子的？”

“唉，我还是不要谈那些了，”老安娜贝儿低声说，“你知道吗？我在那些农场亲眼看到了一些可怕的事情。我能搬到这里真是幸运，但是我经常想起留在那里的动物们。我希望他们没事。”

老奶牛沉思了一会儿。

“我知道这里的生活并不完美，”她终于说，“但我们有很多值得感恩的事情。我们有可爱的牛群，我们有这个漂亮的牛棚，还有——”

“我们还有萝丝。”苔丝补充道。

“我们还有萝丝。”老安娜贝儿转过身来，对着角落里的机器人微笑，“萝丝听我们的倾诉，用爱和善良来对待我们，她让我们的生活尽可能舒适。她走了，我们一定会想念她的。”

……

“萝丝，为什么人类需要这么多的牛奶？”莉莉说，其他小奶牛也围拢到她身边，因为这也是她们一直想知道的问题。

“这个嘛，世界上有几十亿人，”萝丝解释道，“他们当中许多人都喝牛奶，并把牛奶与不同的原料放在一起制造不同的食物。”

“什么样的食物呢？”另一头小奶牛问。

萝丝说：“黄油啊，奶酪啊，酸奶啊，都是用牛奶做的。许多甜点也是用牛奶做的。”

“甜点是什么？”又一头小奶牛问。

“甜点是一种在饭后吃的甜味食物。大家都喜欢吃的甜点有蛋糕啦，奶油冻啦，还有冰激凌。”

这个答案只会引出更多的问题。

“蛋糕是什么？”

“奶油冻是什么？”

“冰激凌是什么？”

萝丝尽最大努力向小奶牛们解释这些食物，但是这可不容易。毕竟，机器人连最简单的吃东西的行为都做不到，她怎么可能描述出品尝美味甜点的味道和感觉呢？

莉莉终于打断了她的话。“你就告诉我这个吧，萝丝。等我们长大些，我们的牛奶会被用来做甜点吗？”

“会的。”机器人说。

小奶牛们笑了，然后跑开了，她们高兴地知道，将来有一天，她们会帮助人类把甜美可口的东西带给这个世界。

“春天快到了，”萝丝对牛群说，“就快到我逃跑的时机了，我得回我的小岛家乡去。很抱歉我必须离开，但我离开后，你们都会得到很好的照顾，我保证。”

奶牛们开始从她们的厩栏里哞哞叫起来。

“别担心我们，萝丝。”

“没有必要道歉。”

“我们理解你为什么要逃跑。”

莉莉把头从厩栏的栏杆里伸出来，说：“我可绝对不敢逃离这里，去荒野生活，我会吓死的！”

“我愿意在荒野中漫游！”苔丝说，“听上去太刺激了！”

“荒野完全不适合我，谢谢你了，”老安娜贝儿说，“我只想过一种安静的、舒适的生活。”

“荒野里也有很多让我恐惧的东西。”萝丝说，“但是，在这里我有更多的恐惧。和人类在一起，我永远不能做真实的自己，所以我必须努力回我的家去。”

“我真希望能靠自己做成这件事，”她接着说，“但是我需要帮助。没有孩子们的帮助，我永远逃不出这个农场；而没有儿子的带领，我也永远找不到回家的路。要向那么多人求助，我感到很沉重。”

“别这样，”莉莉说，“布莱特比尔和孩子们想要帮助你。他们爱你！我们也都爱你！没有了你，农场就感觉不一样了，萝丝，但我们都知道你在做正确的决定。”

奶牛们都赞同莉莉的话。在整个牛棚里，奶牛们都默默地点着头。

第四十六章　春天

每过一天，太阳都爬得更高了一点儿，阳光也变得更温暖了一些。最后几块积雪也融化了，缤纷的色彩重新回到了大地上。牧场、田野、树木，全都变得翠绿翠绿的，空气中弥漫着春天的清新气息。

许多奶牛都在不断地长大，现在已经到了产崽的季节了。每头奶牛都在合适的时间跑到牧场去，把她的小奶牛生在柔

软的草地上。机器人就站在附近，以防有谁需要她的帮助，但大家都可以自力更生。即使是第一次做妈妈的奶牛也会本能地知道该做什么。不久，新生的小牛犊们就在农场四周玩耍起来了。

春天是一段快乐的、令人兴奋的时光，可是萝丝却心神不宁。她发现自己越来越经常地仰望天空，希望看到布莱特比尔和他的野鹅群。她知道他们已经上路了。

第四十七章　晚餐

谢里夫先生抱着满满的购物袋跳出卡车，他像平常一样拖着腿，一瘸一拐地朝农舍走去。走着走着他突然跌倒了。萝丝赶紧跑过来，看到他四仰八叉地躺在车道上，购物袋里的东西撒落了一地。

“你还好吧？”萝丝说着，把他扶了起来。

“我没事。”他嘟囔着。

萝丝拾起地上的东西，说：“我来扶你进去。”

一分钟后，他们两个走进了房子。谢里夫先生将外套和帽子挂到墙上，鞋子放在长凳下面。谢里夫先生在脱掉靴子时，大声招呼道：“孩子们，该做饭了！”

脚步声在天花板上响起，孩子们和他们的狗一起从楼梯上飞奔下来。

“萝丝和我们一起吃饭吗？”扎雅问。

“萝丝不吃东西！”扎德说。

“我知道！但她可以和我们坐在一起呀。”

“怎么样，萝丝？”谢里夫先生说，“愿意加入我们的晚餐吗？”

机器人瞧着这一家人。

这一家人都对机器人微笑着。

“你们想让我做什么呢？”萝丝说。

扎德彬彬有礼地说：“如果你能和我们共进晚餐，我会感到非常开心。”

扎雅大大咧咧地说：“我命令你留下来吃晚饭！”

孩子们不等萝丝回应，就抢走了她手里的购物袋，飞快地跑开。奥斯卡追着他们跑，汪汪地叫道：“那是食物吗？闻起来像食物！我要食物！”

萝丝跟着谢里夫先生穿过客厅，木地板在脚下吱吱嘎嘎地响着。客厅里有一把舒适的椅子和一张沙发，面对着一个关闭的电子屏幕。壁炉上方挂着一幅熟悉的老谷仓的油画。几条走廊通向其他房间。萝丝瞥了一眼谢里夫先生的办公室，看到了一张全家福，其中包括他的妻子。谢里夫太太长得很漂亮，有着深色的鬈发和灿烂的笑容，萝丝从孩子们脸上看到的是一模一样的笑容。

“瞧啊，扎雅哭得像个小娃娃！”扎德咯咯的笑声从厨房传来。当萝丝走进来的时候，女孩正在切洋葱，辣出的眼泪顺着脸蛋往下淌。

“萝丝，我命令你来帮我把洋葱切碎。”扎雅擦着眼睛说。

机器人拿起一把刀，刹那间洋葱被完美地切成丁，倒在了碗里。显然，萝丝有切洋葱的功能。

“萝丝，我命令你今晚放个假！”谢里夫先生哈哈笑了起来，“孩子们想和我一起做顿饭。我们喜欢烹饪！”

更多的蔬菜被切碎，煎锅开始嗞嗞作响，香气在空气中打旋儿。不多时，一顿丰盛的饭菜就摆上了餐桌。大家都坐好了，奥斯卡把自己安顿在桌子下面，准备吃些残羹剩饭。

谢里夫先生转向他的女儿：“你愿意来说饭前祷告词吗？”

女孩低下了头。“谢谢您赐予这些美味的食物，我们就要狼吞虎咽地开吃了，阿门。”

“谢谢你，扎雅。”谢里夫先生眨了眨眼说，“也谢谢你，萝丝，感谢你在过去的这一年所做的一切。我对你曾经有过怀疑，但现在我无法想象没有你，我们该怎么办。”

孩子们互相对视了一眼。

然后，全家人拿起刀叉，开始吃晚饭。色彩丰富的蔬菜沙拉，一盘炒芦笋，奶油土豆泥，黄油面包和一杯杯牛奶，这顿饭很丰盛。可是，当萝丝扫视着餐桌时，她的眼神不断地落到烤鸡上。这烤鸡大约和布莱特比尔一样大。突然间，机器人心里充满了疑问。

小鸡们生活得幸福吗？

这只鸡知道它会被吃掉吗？

人类吃动物是不是很糟糕？

不，萝丝觉得，人类只是遵循他们的本能，就像所有生物一样，就像萝丝自己一样。至少，谢里夫一家通过感恩和把它做成一道美味的、营养丰富的菜，来对这只动物表示了尊敬。

谢里夫先生吃完饭后，走出了房间，不一会儿又回来了，手里拿着一把小提琴和一支琴弓。“小时候，我曾经梦想成为一名音乐家。”他说着，砰地坐回到椅子上。他调好小提琴，把它放在下巴下，开始演奏。

他的弓来回滑动，他的手指在琴弦上舞蹈，一支优美的古老民歌在房间里回响起来。谢里夫先生用脚轻轻打着拍子，音乐时而柔和时而响亮，时而缓慢时而快速。这支歌以华丽的结尾结束，音乐渐渐停止。然后他把小提琴放在膝盖上，说：“自从塞勒斯·谢里夫第一次建起这座农场以来，这个乐器就在我们家里，代代相传很多年了。”

塞勒斯·谢里夫。

萝丝知道这个名字。她打开工具带上的一个口袋，拿出那个小笔记本。“这是我在老谷仓里发现的。”她说着，把本子递了过去。

父亲接过笔记本，孩子们也围上去看。他们读着封面上祖先的名字，然后小心地打开，翻动那些发脆的旧纸页。“我以前从未看到过这个笔记本，”谢里夫先生说，“这是我们家族史的一部分啊。孩子们，看看他们过去是怎么挤奶的……”

萝丝走开了，让谢里夫一家人留在那儿，翻看那本笔记，

了解他们家族的历史。但是他们家庭的未来会怎样呢？他们的生活很艰难，需要帮助，而萝丝就要永远地逃离了。那天晚上，当机器人回到牛棚时，她感觉到了一种担心、困惑和内疚的情绪。

第四十八章　归来

当机器人听到野鹅儿子的声音在农场回荡起来的时候，她的担心、困惑和内疚的感觉就统统消失了。

“妈妈，我们回来啦！”

布莱特比尔的野鹅群出现在牧场上空，拍着翅膀，鸣叫着，大笑着。他们滑翔到萝丝身旁，布莱特比尔在他母亲的肩膀上坐了下来。

“我告诉过你，我们会让你儿子平平安安的！”劳德雯声音洪亮地叫道。

“谢谢大家！”机器人用她最愉快的声音说道，“能再次见到你们真是太好了。”

奶牛们跑过来，咧嘴笑着，高兴地跟野鹅们闲聊起来。当牛群和鹅群叙旧的时候，萝丝和布莱特比尔溜到一边，说起了悄悄话。

“计划有了吗，妈妈？”布莱特比尔说。

“计划很简单，”萝丝说，“今晚，我将趁着天黑逃离这个农场，然后你和我就开始咱们的回家旅程。”

第四十九章　告别

那天，一整个晚上都充满了悲伤的告别。第一次告别是在野鹅群和他们年轻的首领之间。其他的野鹅都想一起帮助萝丝和布莱特比尔回家，但是这趟旅程将会很危险，布莱特比尔不肯将他的鹅群置于危险之中，他要求野鹅们在没有他带领的情况下飞回岛上去。这些野鹅能感觉到本能在催促他们上路，他们也知道萝丝和布莱特比尔会互相照顾，所以他们说了再见，然后飞向夜空中了。

接下来是机器人和奶牛们之间的告别。萝丝最后一次走进牧场时，牛群聚拢了过来。

“我就要跟你们分别了，”机器人说，“谢谢你们对我这么好。”

老安娜贝儿抽抽搭搭地哭着说：“我真的很讨厌告别，但我很高兴你要回你真正的家了。我就是希望能帮点什么忙。”

“其实，你可以帮我一件事。”萝丝打开她的工具带上的一个口袋，拿出了信号发射器，“你可以帮我拿着这个，希望谢里夫先生能过几天再发现我不在了。”机器人轻轻地把那个小装置塞到老安娜贝儿的颈圈下，老安娜贝儿笑了。

莉莉和其他的小牛犊突然都在萝丝周围挤来挤去，用鼻子蹭着她的腿。她们眼里都含着泪水。苔丝想调节一下气氛，但她一时也想不出什么好笑的话。

其他的奶牛纷纷向她们的朋友呼唤着。

“我们会想你的，萝丝！”

“祝你平安到家！”

“别忘了我们！”

萝丝向牛群挥了挥手，又对所有停放在棚子里的农耕机器默默说了声“再见”，然后她沿着车道走到田野上，肩上驮着布莱特比尔，孩子们跟在她身边。

最后的这场告别是最艰难的。他们走在银色的月光下，穿过一排排正在抽芽的庄稼，走到农场最远最远的角落时，大家都沉默不语。萝丝转过身面对着扎雅和扎德。她的目光越过他们，回望着远处农场房屋的灯光。

“我离开之前已经把农场打理好了，”萝丝说，“它可以自己运转一段时间，但不是永久的。”

“至少在得到另一个机器人之前，我们可以自己管理好农场。”扎德说，“没有了你，这个地方就不一样了，但我们会没事的。”

“你们要怎么跟你们的父亲解释呢？”萝丝说。

“那让我们来操心吧，”扎雅说，“你只管操心怎么回家就行了。”

萝丝瞥了一眼绑在胸前的工具带。“你们想把这个收回去吗？”

“不不！”扎德说。

“这是送给你的礼物！”扎雅说。

小姑娘把她的哥哥和她的机器人拉过来，紧紧地拥抱在一起。伴着蟋蟀的叫声，孩子们的哭声也传了开来。

“我们怎么才能知道你平安到家了呢？”扎德说。

“我们想知道你的故事是怎样结束的！”扎雅说。

机器人对她的儿子低声说了一些动物的话，然后对孩子们说：“如果有只野鹅来到这个农场，送给你们一根羽毛，你们就知道我到家了。”

孩子们含泪微笑着，等待他们的朋友离开，但是，机器人并没有动。萝丝迫不及待地想要回家，然而她又很矛盾。她关心这个家庭，这个农场，而现在她抛弃了他们。机器人跌跌撞撞地向前走，然后又倒退回来，一次又一次，因为她的计算机大脑一直在纠结着这些想法和情绪。

最后，孩子们给了她需要的温柔的推动力。“萝丝，我们命令你逃跑。”

机器人就按照指令去做了。

第五十章　自由的机器人

终于，萝丝自由了！可是当她从山顶农场逃跑时，她并没有自由的感觉，而是更多地感到恐惧。她害怕被人看见、被捉住、被摧毁，她还担心儿子的安全，所以萝丝把自己伪装起来，她避开田野，总是躲在树林里。按照布莱特比尔的指引，她小心翼翼地向北穿过乡村。野生机器人的长途旅行这就开始了。

第五十一章　飞船

太阳升起来了，我们的主人公也开始行动了。他们在一片狭长的森林间静悄悄地快速前行。如果不是提心吊胆，害怕被人发现，这会是一次很愉快的远足呢。

风儿在树叶间沙沙低语。

昆虫们唧唧地哼着小曲。

农场机器在远处隆隆作响。

接着又传来了新的声音，一种嗡嗡的声音。当一艘飞船从前方地平线上升起的时候，我们的主人公躲进了灌木丛。那是一个光滑的白色三角形，飞得又低又快。萝丝校准了她的视力，看到熟悉的机器人正从飞船舷窗向外张望。锐酷1号、锐酷2号和锐酷3号已经被摧毁在岛上了，这些机器人也许是锐酷4号、锐酷5号和锐酷6号？

“他们是往山顶农场飞呢。”布莱特比尔说。

“我们赶紧继续前进。”萝丝说。

飞船消失在南方，两个旅行者以更快的速度继续向北行进。他们急匆匆地穿过更多的森林地带，从松鼠、土拨鼠和其他友好的动物旁经过，但是萝丝和布莱特比尔没有时间跟他们聊天。

那天晚些时候，森林突然到了尽头。萝丝和布莱特比尔站在森林边缘，面对着一大片麦田。麦子还是幼嫩的碧绿色，在风中轻柔地起伏着，伸展到一望无际的远方。

“我们该怎么办？”布莱特比尔问道。

“我们要继续前进，”萝丝一边说，一边望向平原的另一边，“但我在开阔地带是不安全的，一定有更多的森林在

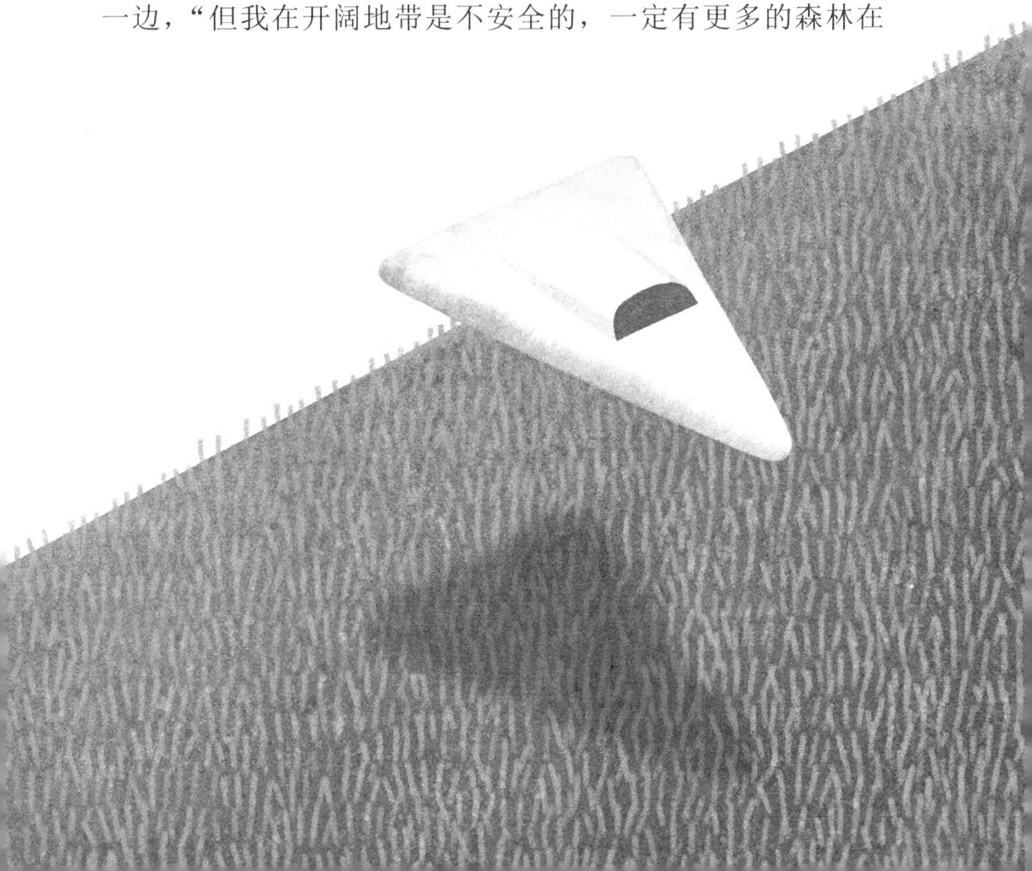

别处。”

“我去看一看。”布莱特比尔说道。然后这野鹅就向天空弹射上去，他一直向上，一直冲到高空，才停住并滑翔起来，只能看见蓝天映衬着一个小小的身影，然后他又俯冲回到妈妈的身边。

“在那个方向有一片树林，”布莱特比尔指着远处说，“很远，最快三十分钟才能到达。”

“那咱们赶紧动身吧。”萝丝说。

我们的主人公从灌木丛中冲了出来，机器人在田野里狂奔，野鹅在她身边飞行。萝丝必须集中精力，以免在松软泥泞的土地上滑倒。当她踏着沉重的脚步朝前飞奔的时候，前方一排树林慢慢地进入了视野。

在他妈妈不停奔跑的时候，布莱特比尔突然冲上高空，不知去向。然后他又飞回到她身边，大声喊道：“飞船要回来了！”

在他们身后，一个小小的白色三角形从地平线上升起。它越来越近，嗡嗡声越来越响。如果萝丝被发现，那她新获得的自由和她的生活就完了，她不能冒这个风险。

“你先走！”机器人喊了一声，蹲到了地上。

布莱特比尔希望他的妈妈知道该怎么做，便听话地飞走了。他一飞入树林，就停在一根伸出的树枝上，回头张望。他的妈妈不见了，而飞船却似乎布满了天空。飞船的影子掠过萝丝刚刚待过的地面，但是它并没有看到她，也没有监测到电子信号，所以它继续前进，从树林上空快速飞过，又飞过下一片田野。发动机噪声渐渐消失，飞船消失在了北方。

“你可以出来了，妈妈！”布莱特比尔从树枝上大声喊道。

一大捆麦子从田地里站了起来。机器人是在非常紧急的情况下仓促做的伪装，所以她刚一迈步，麦捆就从她的身上散落掉了。萝丝跑进树林，看着树枝上的布莱特比尔说：“我们要继续前进。”

第五十二章　侦察员

飞船还会回来吗？“锐酷”们是在追捕萝丝吗？她被抓住只是时间问题吗？这些是不可能想明白的。因此，我们的主人公尽量不去操心那些令人烦恼的问题，他们继续悄悄地穿过农田，从一片林区挪到另一片林区。

萝丝穿了一身用泥巴、野草和树皮做成的伪装。只要有一丁点儿麻烦的迹象，她就会立刻僵住不动——变成一截腐朽的老树干。然后她就等着布莱特比尔告诉她可以安全地继续前进了。如果附近有人类或机器人，她可能要等上好几个小时。

还在岛上的时候，布莱特比尔曾练习过像鹰、猫头鹰、麻雀和秃鹫一样飞行。当然了，他做不到与那些鸟类分毫不差，但他已经是潜水、俯冲、冲刺和翱翔的行家了。现在他就运用这些本领为他的妈妈侦察乡村。他从她的肩膀上起飞，

很快又回来分享他的发现。

“咱们快要到另一座农舍了。从这片农田中间穿过去，咱们就可以避开它。”

“这片树林的另一边是一条公路。你在这里等等，我会告诉你什么时候过马路安全。”

“正前方有一个小镇，我可以带你绕过去。”

布莱特比尔的建议总是很好，萝丝总是听他的话，两个旅行者一起安全地穿过了各种乡间农场。

第五十三章　农场

一路上，我们的主人公穿过了各种各样可以想象得到的农场。一些农场在广阔的田野和果园里种植作物，一些农场在闪闪发光的温室里种植庄稼。一些农场让他们的牲畜在开阔的牧场上吃草，一些农场则把动物们圈养在小笼子里。一些农场有老式的谷仓和牲口棚，一些农场则拥有现代化的实验室，完全不用动物来生产肉类、鸡蛋和牛奶，似乎有无数种方法可以为人类生产食物。

农场里到处都是机器人工人，当萝丝小心翼翼地路过时，总是忍不住要偷偷地观察他们。机器人在田野里工作，操作机器，照顾牲畜，他们的身体在阳光下锃光瓦亮，在高温下闪烁着。这一定也是萝丝在山顶农场时的样子。那些机器人有像她一样的吗？他们当中有人在悄悄地梦想着逃跑吗？或者他们都只是没有脑子的机器，满足于他们在这个世界上的现状？

第五十四章　大山

平坦的农田逐渐变成了丘陵和山谷。庄稼地越来越少，森林越来越多。山坡越来越高，山谷越来越深，最后农田完全消失了。我们的主人公已经到达了山区。

布莱特比尔乘风滑翔，而萝丝在山坡攀爬。他们经过了凹凸不平的岩石地带，经过了湍急的瀑布和鲜花盛开的草原。机器人可以走啊走啊，根本不用放慢脚步或者停下来，但野鹅可是需要休息一下呢。

每天晚上星星出来的时候，他们就找一个安全的地方歇息下来。在较高的山区，常常会出现霜冻，萝丝就从她的工具带里取出打火机，生起一小堆篝火，让她的儿子取暖。他

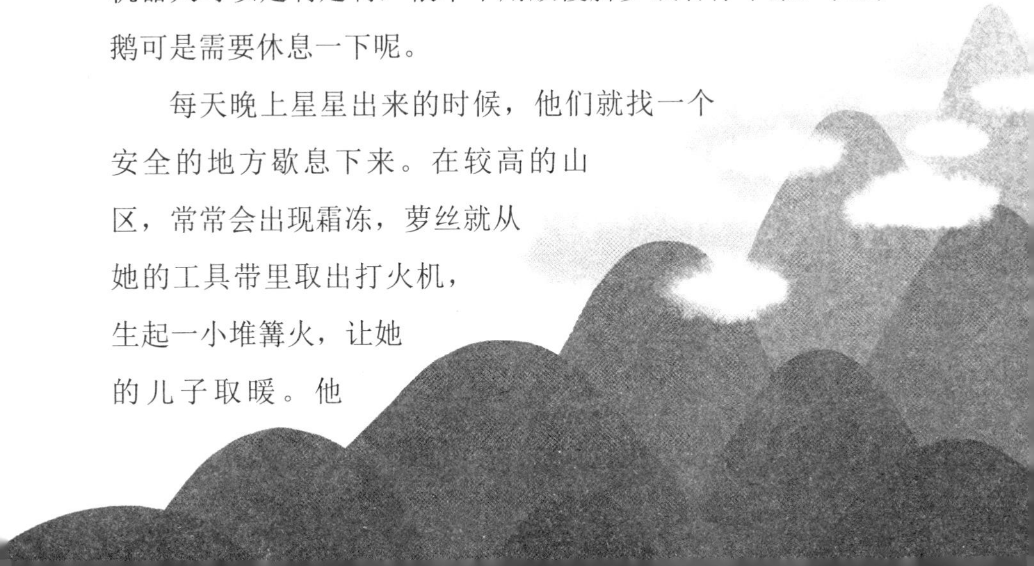

们围坐在噼啪作响的火堆旁，回忆着岛上的往事，直到布莱特比尔沉入梦乡。每天早晨太阳升起的时候，他们会把露营的所有痕迹都清除掉，然后再往大山深处走。

老鹰蹲在锯齿一样尖利的峭壁上。

鱼儿在潺潺的小溪中溅起水花。

花栗鼠在茂密的灌木丛中争吵不休。

回到荒野的感觉真好，但这里终究不是家，所以旅行者们并没有停下匆匆的脚步。机器人调整了她的伪装来适应周围的环境：在森林里，她穿着树叶和树皮；在草地上，她穿着草和野花；在岩石地带，她穿着泥土和杂草。就算是在荒野里，她也想做个隐身人，可是萝丝没察觉到，已经有个家伙在盯着她的一举一动了。

第五十五章　袭击

那些宽阔的高山草甸让机器人有点提心吊胆。徒步走过那些草甸，她觉得没遮没挡的，很容易被人发现。伪装虽然有点用，但是一大丛会走路的野花很难不引人注目，尤其是还有一只野鹅陪伴着它。于是，就在一片开阔的草甸上，我们的主人公碰到了麻烦。

萝丝从眼角察觉到了某些动静。她转过身来，可是放眼望去，只见高高的草在微风中摇曳。接着，一根树枝啪地折断，但声音被远处滚动的雷声吞没了。直到风向改变，一丝熟悉的麝香气味飘过，机器人才意识到了危险。

“我闻到了狼的气味。”萝丝悄声说道。

布莱特比尔的眼睛瞪得又大又圆，他低声回道：“我们该怎么办？”

萝丝还没来得及回答，两只狼就从灌木丛中蹿了出来，他们向机器人猛扑过去，嗥叫着，张开血盆大口。萝丝把她的儿子抛向天空，让他能飞到安全的地方，然后她就狂奔起来。机器人在草地上忽左忽右地跑着，试图甩掉恶狼。可是，当她冲过一片松软的土地时，突然脚下一滑，跌倒在草丛中。

狼迅速地包围了猎物，他们低着头，耳朵向后贴紧，从齿缝间发出低沉的咆哮声。

“还记得我们吗，萝丝？”有一道疤的大个儿公狼说。

“又见面了，煞斗。”机器人说着，慢慢地站起来，“还有你，我记得你的名字叫芭布。”

“你的记性可真好。”那只母狼说。

“事实上，我的记忆力是完美的。”机器人说。

“可是你忘记带步枪了。”煞斗咧开嘴，露出尖牙笑了起来，“没拿步枪，你就不那么难对付了，是不是？”

芭布闻了闻空气。“你的宠物鹅在哪儿？”

然后她看见布莱特比尔蹲在草甸中央一棵孤零零的树上。

“他不是我的宠物，”萝丝说，“他是我的儿子。”

煞斗冷笑起来。“我们听说了机器人妈妈和她的野鹅儿子的故事，好感人哟。”他转过身去，喊道，“快到我们这儿来，布莱特比尔！我们想近距离见见你！”

“儿子，待在原地

别动！”萝丝大声喊道，“我会解决掉他们的！”

“你会解决掉我们？”煞斗咆哮起来，“不，我和芭布会解决掉你的。”

机器人的计算机大脑嗡嗡响着，试图制订一个作战计划。狼们在向她逼近，他们就要发起攻击了！萝丝必须行动起来。于是她采取了拖延战术。

“煞斗、芭布，只有你们俩吗？”萝丝向草甸四下里一望，没有看到其他的狼，“你的狼群呢？”

糟了，这话戳中了痛处，煞斗背上的毛竖了起来，他大吼一声：“这就是我的狼群！”两只狼扑了上来。

可是机器人消失了。她使出两腿所有的力气，将自己向上弹起，跳开了。她在空中滑翔了一段又长又优美的弧线，当她的双脚重重地落回到地面时，又一次向上弹跳开去。机器人就这样弹跳着巨大的弧形步伐，越过草甸，朝她的儿子的方向奔去。

起初，狼们被机器人奇怪的逃脱方式弄糊涂了，但是，他们可是捕猎的行家噢。他们跟在她后面狂奔，仔细地研究她的动作，观察她的落脚点。当萝丝向布莱特比尔所在的树做最后一次跳跃时，一只沉重的爪子把她打得失去了平衡。她在空中翻了个跟头，狠狠地撞到树干上。树叶纷纷落下，枯枝被撞落一地，但机器人紧紧地抓住了树。

“你没事吧，妈妈？”小野鹅振翅飞到他妈妈身旁问道。

“就是一点儿轻微的擦伤。”机器人说着，把自己拽到一根结实的树杈上。

树下，狼们在狂笑。

“这招儿不错呀，萝丝！”煞斗说，“但是你跑不过我们，狼天生就是追逐的行家！”

“你们在浪费时间，”机器人说，“你不能吃我，你也永远抓不到我的儿子。”

“你还是没明白，萝丝，”狼低吼道，“我不是要抓你做食物，我是要抓你来报复。”

第五十六章　火把

我们的主人公被困在那棵树上了，他们坐在狼上方高高的树枝上，盘算着怎么逃脱。布莱特比尔随时都可以飞走，但是萝丝最终还得从树上下来，而狼们就等着她下来呢。

煞斗和芭布在阴凉处伸着懒腰。他们四下张望着，舔着他们的皮毛，嗅着山里的空气。狼们看起来很舒适，其实，他们两个之间却有一种紧张的气氛。

芭布低吼道："我饿了，我想要吃兔子和鹿，或者回农场去弄个家畜吃。什么都比捕捉一个不能吃的家伙强。"

"你想吃什么动物都可以，"煞斗说，"不过得在我们杀死机器人之后。"

芭布沮丧地嘟囔着，她不明白煞斗为什么非要报复不可，但是眼下，她还是忠实于她的伴侣的。

天黑下来了，狼们开始打哈欠，芭布的眼皮变得沉重起来，煞斗的身体也困乏了，蟋蟀唱的轻柔小曲让他俩都睡着了。

狼睡觉的情景，让萝丝想起了岛上那些漫长的冬夜，那时候野兽们都爬进她的温暖的家里睡觉。她还记得他们第一次看到火时眼中的恐惧表情。想到这儿，萝丝有了一个主意。

她悄悄地从树干上折下一段枯枝，然后从工具带里掏出打火机，在枯枝的一端点燃了一朵火苗，直到枯枝燃烧起来。然后她跳下来，落到了地上。

煞斗和芭布惊醒了，发现世界沐浴在橙色的光芒中。高高矗立在他们头顶上，看起来像恶魔一样的，是那个机器人。她的眼睛闪闪发光，她的嘴里发出咆哮声，她的手里举着一支火把，火焰飞舞，火星在空中盘旋。

这些狼从来没见过火，它既美丽又可怕。狼感觉到身体深处的本能在警告他们，这个旋转的光球是危险的。他们的本能警告他们，为了活命要快逃。于是当萝丝向他们冲过来时，他们溃逃了。芭布尖叫着，煞斗呜咽着，两只狼飞快地从火焰旁逃走了。

第五十七章　冰雹

天刚亮，萝丝就把布莱特比尔轻轻推醒了，两个旅行者继续向北穿越山区。在妈妈赶路的时候，布莱特比尔就站在妈妈的肩膀上。他的目光紧张地投向四方，搜寻着狼的踪迹，但是狼已经消失不见了，于是我们的主人公把注意力转向了一个新问题。

野外的天气总是变化无常的。萝丝和布莱特比尔见过许多平静的大晴天突然刮起风，下起雾或者冻雨，甚至下起雪来。我们的主人公早已预料到天气会很糟，所以当暴雨席卷山谷时，他们并没怎么注意。但是，这场雨有点奇怪。

布莱特比尔眯起眼睛瞧着迎面而来的暴风雨，说："妈妈，雨为什么会从地上弹起来？"

会弹起来的雨？这好像不对头。机器人的计算机大脑开始运转，终于找到了正确的词。"那不是雨，"她说，"那是冰雹。”

咚！一块冰雹从萝丝的胸口反弹起来。另一块冰雹嗖地飞进杂草丛。接着，天空像开了闸，冰雹从各个方向袭来。它们砸碎树叶和树枝，它们在岩石上和树根上蹦来跳去，它们打烂了花朵和灌木。

对机器人来说，冰雹很烦人，而对野鹅来说，冰雹是致命的。一块冰雹击中了布莱特比尔的肩膀，他一下跌落到了地上。萝丝一把抱起布莱特比尔，弓起身体遮住他，保护他免受落下的冰雹袭击。但是，如果他们不能很快找到庇护所的话，冰雹会杀死这可怜的鸟儿的。

机器人慌乱地扫描这一片地区，寻找任何可能的避难所。找到了！在山谷的另一边，在一条蜿蜒的河流旁，有一座小木屋，虽然又旧又破，但它有一个屋顶，那就足够了！

萝丝紧紧抱着她的儿子，拼命捯着双腿，踏着雷鸣般的脚步跑过山谷。沉重的冰雹咝咝作响地落进草丛，吧嗒吧嗒地落入泥浆，叮叮当当地敲打在我们的机器人身上。噗的一声，布莱特比尔被击中，疼得大叫起来。萝丝一纵身跳过了湍急的河流，毫不费力地落地，继续奔跑。现在她能听见冰雹噼里啪啦地打在小木屋上，声音越来越大。机器人踏着沉重的脚步跑到小木屋的前门，转动门把手，跨了进去。

第五十八章　小木屋

冰雹来得短暂而猛烈，那些冰块很快就融化了，但是造成的破坏并未消失。山谷里到处都是被打烂的树叶和野花，受伤的动物正在一瘸一拐地回他们的家去，几只倒霉的小鸟在草丛中一动不动地躺着。

在小木屋里，萝丝站在窗户旁边。她把布莱特比尔抱在怀里，用一条旧毯子裹住他被砸得青一块紫一块的身体。这个机器人完全懂得怎样照顾动物，但她儿子需要的只是时间，他身上的伤会自己慢慢好起来的。

“放下我走吧，妈妈，”小野鹅有气无力地说，“等我感觉好一点儿的时候，我会追上你的。”

“别瞎说，”机器人说，“什么样的母亲会把她受伤的儿子丢下不管？”

“可是，妈——”

“别说话了，”萝丝打断了他的话，“你需要休息。”

布莱特比尔还想争辩，但他已经累得快睡着了。

这个小木屋很简陋，只有一个方形的房间，有一个柴炉，一张桌子配着两把椅子，角落里有两张破烂的小床。一个架子上放着落满灰尘的杯子和碗，除此之外，墙是光秃秃的。很显然，这儿已经很久没有人类住过了。然而，似乎有某个什么动物已经搬进来了，整个地方都臭烘烘的，地上散落着一块块的粪便，一些小脚印通往地板上的一个小黑洞。

萝丝向洞口俯下身，用动物的语言说道：“喂，下面有人吗？”

下面有些动静，然后一双亮晶晶的眼睛从黑暗中向上看。“你是谁啊？”一个声音说，“我可没有邀请你到我家来！”

“很抱歉，打扰了，”机器人说，“我和我儿子只是想躲避冰雹。”

“你的儿子？”那声音说，“你怀里抱的是他吗？让我看看。”

机器人轻轻地掀开毯子的一角，露出睡着了的小野鹅。

“他一定长得像他的父亲吧。”那声音说。

“他是我的养子，”机器人解释道，“我叫萝丝，他叫布莱特比尔。”

那双亮眼睛眨了眨，那声音兴奋地尖叫起来。

“你们是萝丝和布莱特比尔？鸟儿们歌唱你们的事已经好几个月了！你们简直是活的传奇啊！”

“严格说来，我不是活的生物。”机器人说。

“在我看来你就是活生生的啊，”那声音说，“不管怎样，很高兴见到你。大家都叫我斯普林克斯。”说着，这家伙从地上的洞里爬了出来。除了她背上的几条白色花纹之外，她全身覆盖着黑色的毛，从鼻子一直到毛茸茸的尾巴尖儿。原来，斯普林克斯是一只臭鼬啊。机器人瞧了她一眼便连忙向后退去。

斯普林克斯皱起了眉头。“你知道吗，萝丝？我们臭鼬只有在紧张的时候才会放臭屁呢。”

“那你现在紧张吗？”

“嗯，有一点儿，不过这是因为高兴！很荣幸认识你！请坐下来，告诉我是什么风把你吹来的。”

斯普林克斯跳到桌子上，倾听萝丝描述他们的旅程。这臭鼬是一个很好的听众，当萝丝讲述时，斯普林克斯礼貌地点着头，说一些“噢，我的天！”“真的吗？”和“太神奇了！”之类的话。

这情景一直持续到布莱特比尔醒来。“妈，我渴了。”他用干巴巴的嗓音低声说。

“房子后面有一条小溪，”斯普林克斯说，“这些可能会有用，”她指了指架子上的碗，“请随意使用，我的家就是你们的家。”

原来臭鼬是很好客的。斯普林克斯邀请客人们爱待多久就待多久，所以我们的主人公就在小木屋里度过了布莱特比尔的恢复期。小野鹅大部分时间都在睡觉，机器人给他带来水和食物，而臭鼬确保他俩都过得很自在。

几天后的早晨，阳光从窗户射进来，照在布莱特比尔身上。他嘎嘎叫着，摇摇摆摆地在小木屋里走动飞舞。他的伤已经好了，他渴望继续他们的旅程。

“这几天谢谢你了，斯普林克斯！”机器人把儿子放在肩上离开小木屋时，向她挥了挥手。

“我很高兴能帮上忙！”臭鼬喊道，“像咱们这样被人误解的生物必须互相照顾哇！”

第五十九章　奇怪的荒野

又一个阴沉的日子笼罩着群山。阳光从这儿那儿穿透云层，明亮的光柱像聚光灯一样照射下来。其中一条光柱扫过崎岖的山坡，找到了我们的主人公。有那么一阵子，机器人和小野鹅沐浴在温暖的阳光中。接着，那片光斑继续移动，挪到下一个山谷中，亮闪闪地笼罩在一个奇怪的工业厂址上。

树林中坐落着一群巨大的四四方

方的建筑物，人行道支离破碎，坡道和管子从地面上的洞里斜伸出来。机器人的计算机大脑识别了这个地点，它是一个废弃的煤矿。

这是一片奇特的荒地。山上到处都是人类活动留下的痕迹：杂草丛生的铁路，生锈的汽车，细长的塔耸立在山顶上，褪色的标语上写着“禁止非法入侵”和“禁止打猎”。人类似乎曾经在这片荒野中生活和工作过，却把这一切都抛弃了。

不过，在一些地方，仍然有活动的迹象，是机器人的。一批批工作机器人有条不紊地挖掘新的坑道，建造新的水坝，并在新的采矿地点工作。他们拆掉废弃的建筑物，用卡车运走垃圾。我们的主人公对这些正在工作的机器人感到很好奇，但跟他们保持着安全距离，继续前进。

第六十章　猎人

砰！

一声枪响在群山间回荡。愿意去这片荒野中跋涉的猎人并不多，但去的人都是职业玩家。他们在野外露营，穿着迷彩服做伪装，用传统的步枪射击取乐。

砰！

萝丝和布莱特比尔拼命想要躲开那些猎人。然而，那很难做到。树都紧紧地挨在一起，灌木丛又密实又杂乱。他们只能沿着森林里的一条狭窄的鹿道向前走，却永远不知道下一枪将在何时何地打响。

砰！

枪声越来越响。我们的主人公因害怕被人发现而放慢了脚步。接着，森林里动物们喋喋不休的声音沉默了下来。

砰！

一颗子弹嗖地穿过灌木丛，一只鹿弹跳了起来。与此同时，鸟儿们尖叫着扑棱棱飞上天空。不幸的是，其中的一只鸟正是布莱特比尔。小野鹅被吓到了，惊慌失措地飞上树梢，而两个猎人正好从灌木丛中冒了出来。

“一只野鹅独自在这山上干什么？”汉克说着，抬头注视着布莱特比尔，“它在树上干什么？”

“它一定是出了什么毛病，”米格尔说，“也许你应该把它从痛苦中解脱出来。”

汉克再一次把子弹推进枪膛。“我们是来猎鹿的，”他说，“但看起来我们晚餐要吃野鹅了。”

小读者呀，如果这些猎人像我们这样了解布莱特比尔的话，我相信他们一定会放过他的，但他们对他的故事一无所知。对他们来说，布莱特比尔只不过是一只普通的野鹅，一顿美餐，而他们正饿着呢。

猎人举起了步枪。

他深吸了一口气。

他的手指伸向了扳机。

接着，一阵猛烈的狂风突然刮过森林的地面。不，不是风，是脚步！有什么东西在重重地跺着脚冲向猎人们！他们的步枪被扯掉、掰弯，扔到一边。

这些人猎杀过各种各样的野兽，但他们从来没有遇到过这个……这个……嗯，他们不知道这是什么东西。它看起来像一个树桩，长在两条长长的树根上，身体两侧都挂着树枝。

猎人们瞪着眼，张着嘴，跌跌撞撞地往后退，然后转身逃跑了，他们惊恐的叫声渐渐消失在落叶间。

小野鹅也吓坏了，他从树枝上跌落下来，落入妈妈怀里。这可怜的鸟儿吓得浑身发抖，还好并没有受伤。

“很抱歉，布莱特比尔，”机器人说，“我应该早点行动就好了。你现在安全了，我保证。”

第六十一章　向导

一阵细雨落在了旅行者们身上，虽然他们当时并没有在旅行。他们正呆呆地仰望着一座陡峭的岩石山。虽然机器人有丰富的攀岩经验，但是万一摔了一大跤，她可能就再也爬不起来了，所以，萝丝小心翼翼地沿着滑溜溜的斜坡往上走，布莱特比尔扑扇着翅膀跟在她身边。

他们没走多远，就听到了动物蹄声在岩石上吧嗒吧嗒地响，然后一只长着犄角的动物从雾气中跳出来，恰好撞到了机器人身上。

咣！萝丝向后飞了出去。

当！萝丝狠狠摔到了地上。

原来是一只公野羊，站在机器人上方的岩石上。他长着又大又卷曲的犄角，眼神疯疯癫癫的。布莱特比尔飞到妈妈身边，准备要保护她。"离我妈妈远点！"他嘶声叫道，张开了翅膀。

但是，那只公野羊并没有扑上来，而是低下头，哭了起来。“噢，真对不起！”他抽泣着说，“我不想伤害任何人。有时我只是失去控制，冲撞东西。我难过极了，真的！”

萝丝擦了擦身上的泥土。“我相信那只是你的本能反应，”她说，“我们都有本能——本能可是非常强大的。我只希望你的本能别把我撞坏了。”

“不要担心，”公野羊抽抽搭搭地说，“我会尽量不让我的本能伤害你。”

“那就多谢了。”机器人说。

“我的名字叫瑟德，”公野羊说，“你们要朝哪个方向走呀？”

“我们正努力寻找从这些大山里走出去的路，”萝丝说，“但这些山好像永远也没有尽头。”

“你已经差不多快走出去了！”瑟德说，“让我给你指路吧——这是我冲撞了你之后能做的最起码的补偿。”

公野羊一跃而起，领着我们的主人公来到一条狭窄的小路上，这条小路沿着岩石山坡蜿蜒而上。萝丝努力想要紧紧跟上他，但瑟德是天生的攀登能手，他轻而易举地爬上陡峭的山坡，消失在雾中。一分钟后，传来他友好的声音：“对于一个没有蹄子的动物来说，你还算攀登得不错的嘛！”原来他就在不远处，从一座悬崖边上瞧着他们呢。

小路通向一片雾蒙蒙的草地，一大群野绵羊正在吃草。

他们让萝丝想起了那些在牧场上吃草的奶牛，她想知道山顶农场没有了她，现在怎么样了。

瑟德蹦蹦跳跳地从野绵羊群中穿过。“这些是我的新朋友，”他一边跳一边宣布，“他们迷路了，所以我要带他们走出大山。”野绵羊们抬起头来。瑟德有结交奇怪朋友的习惯，但这两个绝对是最奇怪的。野绵羊们瞧着野公羊、机器人和

小野鹅继续往山上走去，消失在雾中。

他们爬得越来越高，越过森林植被区，到了只有岩石、灌木丛和涓涓溪流的地方。他们偶尔会遇上一条土路或一条徒步旅行的小径，公野羊轻快地就能跑过去，而我们的主人公只能小心翼翼地攀爬着。

有一次，这只公野羊的眼睛里又出现了那种疯狂的神情，他的犄角冲向机器人，而她及时跳开了。然后瑟德又哭了起来，为他的本能冲动道歉。萝丝原谅了他，于是大家继续往前走。

他们终于从雾中爬上了山脊。上面，晴空万里。下面，一大片蓬松的云朵向四面八方伸展开来。太阳落山了，西边的云烧成了粉红色。萝丝想到了她的小岛上的山顶。要是她能从那座山峰上欣赏日落，而不是这一座，那该有多好啊。可是他们还有很长很长的路要走呢。

瑟德给我们的主人公指出了最后一条路。“顺着这条路你们就可以从山上下去，到达山脚。”他最后指点道。

公野羊的眼睛里突然又出现了那种疯癫的表情，机器人做好了跳开的准备，但是这一次，瑟德控制住了自己。他向两个旅行者道了别，然后蹦蹦跳跳地走了。

第六十二章　最后的较量

天刚蒙蒙亮，山脚下到处都是灰蒙蒙的浓雾。因为什么都看不清楚，旅行者们只能依赖他们的其他感官。他们闻到了咸味的空气。他们感觉到了脚下的沙子。他们听到海鸥发出的鸣叫声和海浪的拍打声。然后他们听到了船的汽笛发出的又长又低沉的音调。在远处某个地方，被浓雾遮住的，是大海。

好像要回应那艘船似的，又有一个长长的低沉的声音传来，但它不是汽笛声，而是一声嗥叫，有一只狼追踪着我们的主人公呢。

布莱特比尔用力拍着翅膀，大声喊道：“妈妈，快跑啊！”

萝丝往山下跑，向昏暗的浓雾深处跑去。她的脚重重踩着沙土，留下了一串脚印。没有时间来隐藏她的踪迹了，所以她只能不断地奔跑，模糊的身形在雾中忽隐忽现。她的目光飞快地扫视四周，看究竟是岩石、灌木还是狼，但机器人其实应该看好她脚下的每一步的。她滑了一跤，重重地跌到了沙滩上，她还没来得及站起来，煞斗已经扑到她的头顶。

这只狼又沉重又强壮，他把萝丝按在地上，牙齿死死咬住她的工具带。他终于抓住了他的猎物！他疯狂地、野蛮地把机器人翻来覆去地猛烈痛打。萝丝挣扎着想要摆脱出来，但煞斗抓得实在太紧了。只有一件事可做，萝丝把手从侧面伸到这只狼咆哮着的下巴下面，笨拙地摸索着解工具带的扣子，然后突然间，她被松开了，煞斗跌跌撞撞地直往后退，工具带晃晃荡荡地挂在他的嘴边。萝丝踏着沉重的脚步逃走了。

布莱特比尔一直在头顶上盘旋，现在他声嘶力竭地向妈妈发出警告。

“当心那些大石头！”

“煞斗追上来啦！”

“前面有房子！”

萝丝冲出一排树篱，冲到了一个海边小村庄的主街道上。天色还早，雾气蒙蒙，萝丝跑过了半个村子，才有人看见她。一个男人正想大清早出门散散步，突然瞧见机器人和狼从街上飞奔而来。那人立刻决定他可以等一会儿再散步，便赶紧回到屋里去了。

煞斗一爪扫向萝丝的脚后跟，但机器人跳开了。她飞跃过一幢房子，落在另一边。狼在院子里横冲直撞，只见萝丝又大步跳开了。

这一次萝丝落到了浅水中。波浪轻轻地拍打着她的脚踝。机器人倒退着走进大海，直到海水淹到她的腰部，然后自动停了下来。她的求生本能让她不再往里走了。

“你没有地方可以跑啦！”煞斗低吼着，在海滩上来回踱着步子，“要么打架，要么游泳。”

萝丝被困住了。她的身体前后摇晃着，计算机大脑挣扎着寻找逃生之路。这时，布莱特比尔来营救她了。

“快到这边来，妈妈！”

萝丝没有犹豫。她从浅滩上弹起来，朝着儿子的声音跳过去。当她从空中飞跃而过时，海水从她身上哗哗淌下。然后她的双脚咚地砸进布莱特比尔旁边的沙堆，他正立在一艘旧的小木船上。

当煞斗赶到时，我们的主人公正将小木船划离岸边。狼气得脸扭成一团，他在水边狂嚎起来：“你让我颜面扫地，萝丝！我的伙伴和我的妻子都离开了我！现在我只是一只没有用的孤狼了！都是因为你！”

萝丝为煞斗感到难过，她从来也没想过要让事情发展成这样。可是她也有自己的烦恼啊，机器人最大的恐惧就是深水，而现在她正划着桨穿过浪涛向大海深处而去。

第六十三章　小木船

太阳在照耀，雾在变薄，机器人在划船。萝丝不是小偷，她很内疚划走了这艘旧的小木船。不过从小木船的外表来看，它早在多年前就被废弃了，她希望不会再有人惦念它了。

划船的人都知道应该面朝船尾而坐，可是这让人很难看到船头往哪里走。不过，这对萝丝来说不是问题。她像正常人一样地划船出发，划了几下桨之后，她的头旋转起来，直到脸朝向船头。她看到的是蓝色的天空，幽暗的海浪，还有一条绿色的地平线。

“咱们在一个海湾里，”布莱特比尔说着，俯冲下来落到小船里，“北面就是那遥远的海岸线，东面是开阔的水域，西面是一个海港，南面是村庄，还有那只狼。”

看来旅客们别无选择，只能穿过海湾。幸运的是，萝丝划桨可以划得又深又快。布莱特比尔降落下来乘坐小船。机器人的机械肌肉开始连续发力，她握着桨划呀划呀划呀，小船在波涛中滑行。

萝丝感到很紧张。曾经一次又一次，机器人的生存本能阻止她进入深水区，可现在，只有一艘旧的小木船把她和黑暗的深水隔开，她迫不及待地想再次感受到脚下坚实的土地。

随着他们向海湾深处划去，海浪变得越来越大，越来越汹涌澎湃。巨大的海浪从广阔的海洋中滚滚而来，把小木船像玩具一样抛来抛去。海浪对布莱特比尔来说实在是太凶猛了，他终于忍不住展开翅膀，乘着气流升到空中，焦急地看着前方汹涌的浪涛。

“再划快一点儿呀！”他大声喊道，“我不知道这艘船还能撑多久！”

萝丝用尽最大的力气，划得越来越快，快到小船轻轻擦着水面飞驰。这可太快了。左边的桨啪的一声折断了，然后右边的桨也折断了，小木船突然间就只能任波涛摆布了。

“坚持住，妈妈！”小野鹅叫道，“一个大浪来了！”

小木船被托到一道高高耸起的水墙上，它在顶端摇摇欲坠，然后从水墙的另一边狠狠地摔下去，摔得太猛烈了，整个小木船都散了架！萝丝感到海水从她身边涌上来，她紧紧抓住船的碎片，蹬着腿，但她不可能长时间漂浮在水面上。

机器人开始往下沉。

小鹅滑翔在水面上。

大海翻滚着，晃荡着。

然后，附近什么地方突然传来一声空气的爆响，布莱特比尔朝发出响声的地方望去，却只看到浪花的泡沫漂浮在风中。当他回头看他的妈妈时，她已淹没在海水下面。

“妈妈，我该怎么办？”布莱特比尔从空中喊道，“告诉我该怎么做！”

“你什么也做不了！”海水涌进萝丝的口中，“对不起！”

年轻的野鹅只能眼睁睁看着大海拖着机器人下沉。

下沉。

下沉。

下沉。

第六十四章　海洋生物

布莱特比尔在风中盘旋，看着他可怜的妈妈沉入深深的海底。他仍然能看见她的身体在黑暗中闪闪发光，但她很快就消失了。

小野鹅闭上眼睛，希望这一切都是一场噩梦。他听到远处海港传来的轮船汽笛声，他听到港口里航标的叮当声，他听到海浪在翻腾，冒着泡，声音越来越大，更大了，大极了！

小野鹅睁开眼睛，看见大海向上鼓起。一个巨大的海洋生物正在从海水深处升起！她冲破水面，掀起滚滚浪花。这个生物有一个大大的嘴、长长的鳍和一个宽宽的背，那个背向下弯曲到水中。随着一声巨大的爆破音，雾气从一个呼吸孔中喷出。你大概已经猜到了，小读者，那个巨大的生物是一头鲸。

巨鲸的身体逐渐从黑暗的水下冒出来，直到有个东西在阳光下闪烁起来。是萝丝！她躺在鲸的背上，湿漉漉的，四肢无力，毫无生气。

第六十五章　鲸

鲸在海面上游着，让我们的机器人安全地高于水面，温柔地把她从汹涌的浪涛中托出。布莱特比尔简直不敢相信自己的眼睛。当震惊过后，他飞落到鲸的背上，依偎在妈妈身边。她的眼睛和身体里都没有了生命的光芒。因此，小野鹅做了他唯一能想到的事。

咔嗒。

萝丝的眼睛开始发光。

她发出一些人类的噪声。

然后，机器人用动物的语言说："噢，布莱特比尔，见到你真高兴！"

小野鹅高兴地叫了起来，拥抱他妈妈的脸，但她却没有动弹。她动不了，机器人的四肢失灵了。气氛紧张了几分钟，她目光紧张地四下看着。但是当太阳落山，风从她身上掠过时，萝丝觉得她的身体快要晾干了。慢慢地，渐渐地，力量回到了她的手臂，然后是她的腿，最后她终于坐起来了，拥抱她的儿子。

布莱特比尔松了一口气。“妈妈，当你沉到水下的时候，我还以为你永远消失了呢。”

“我也是。”萝丝说，“我越沉越深，海水也把我的身体挤压得越来越紧，我的腿和胳膊都不听使唤了。我记得的最后一件事是一个巨大的身影向我游来，然后我就自动关闭了。”

“那个巨大的身影是一头鲸！”小野鹅大声喊道，“我们现在正骑在她背上呢！”

一个低沉的声音在鲸的身体里隆隆作响。她用鳍溅起水花，长长地喘着粗气，把雾气高高地喷向空中。萝丝密切关注着鲸的行为，明白了她在说什么。

这头鲸的名字叫克洛尔，见到我们的主人公她兴奋无比。她解释说，一群野鹅飞过了海湾，用这个野生机器人和她的野鹅儿子的神奇故事吸引住了沿海的鸟儿们。沿海的鸟儿们又把这个故事分享给了鱼、海豚以及任何愿意听的动物。后来，这个故事传遍了海湾里的每一个角落。当克洛尔看到那艘破旧小木船上的机器人和头顶上飞翔的野鹅时，她就知道那一定是萝丝和布莱特比尔，所以她游到他们后面，以防万一她能帮上忙，幸亏有她在啊。

当克洛尔载着我们的主人公渡过海湾时，海浪越来越小，

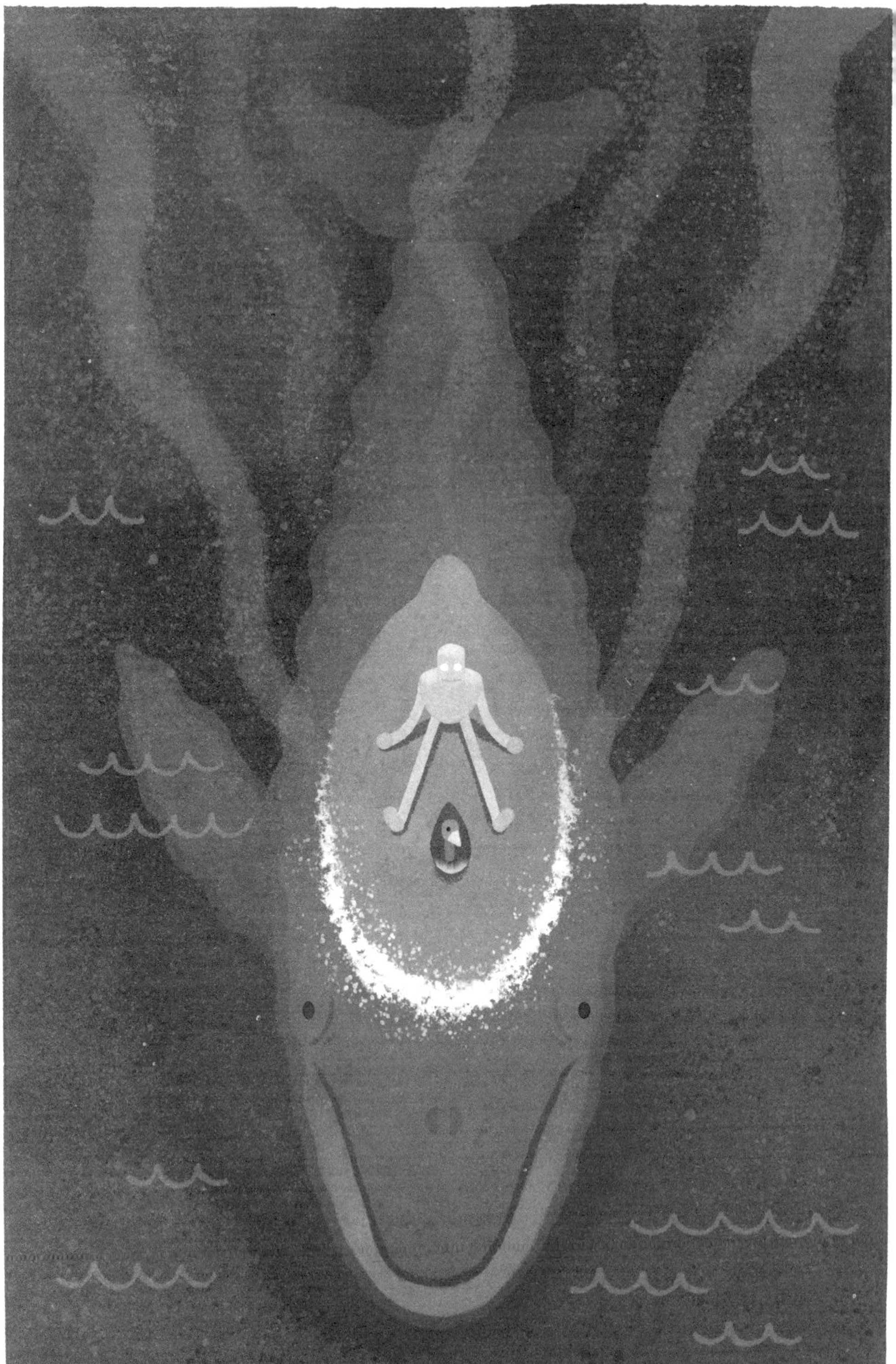

海岸线越来越大。房子从树林里凸显出来。晒日光浴的人们在岩石上休息。一艘艘小艇突突响着驶离码头。

周围有这么多人类，萝丝必须小心。她平躺在克洛尔的背上，而布莱特比尔飞向前方，把海岸线侦察了一番。小野鹅指引这头鲸游到一个安静的、空无一人的小峡湾里，很快，机器人又站在了干燥的陆地上。萝丝问克洛尔，有什么方法可以报答她的救命之恩，但这头鲸只是乐意帮忙而已。她眨了眨一只大眼睛，然后就沉入了海浪之下。

我们的主人公向内陆行进，满心幸运和感激，但是，一想到接下来的旅程，他们的好心情就渐渐变得黯淡起来。萝丝穿越海湾时差点丧命，可是，为了回到那个岛上，她还不得不在某个时候穿越整整一大片海洋呢。

第六十六章　新大陆

轰——

呜——

唰——

汽车在路上来来往往，驶过田野、森林和成串的房屋，乘客中没有一个人知道有一个机器人和一只野鹅正在草丛中观察他们。我们的主人公躲在草丛里已经有一段时间了，他们在等着马路清空，可是汽车一直不断地开来。萝丝注意到有一条排水管从马路下面横穿过去，排水管里又黑又脏，但他们实在没有别的办法了。

穿越这片新陆地很困难，人类和机器人，建筑和道路比以往任何时候见到的都多。萝丝和布莱特比尔为了避开那些小镇，绕了很多大圈，走了很多弯路。

随着日子一天天过去，布莱特比尔眼前的景色更熟悉了。

他记得自己第一次迁徙时飞过这些陆地，他知道走得越远，这些城镇会变得越来越大，城镇之间挨得越来越近。到那时，从城镇中悄悄穿过去比继续绕着城镇走要快多了。于是，夜幕降临时，萝丝穿上了新的伪装，她的儿子从空中观察，她蹑手蹑脚地走进了一个城镇。

第六十七章　城镇

波基是一只肥胖的小狗，她的身体圆圆的，腿短短的，耳朵长长的。虽然这只狗看上去挺滑稽，但她非常认真地保护她的家。她把前爪啪地按到窗台上，一直盯着黑夜，要确保外面一切都好，可是一切都不太好，院子里神秘地冒出了一丛新的杂草。波基需要仔细瞧一瞧。

这狗在后门呜呜地叫着，直到家里有人把她放出来。然后她匆匆地穿过门廊，跑下台阶，来到那丛神秘的杂草旁。波基一边靠近，一边在喉咙里发出低沉的咆哮。

“这些杂草是打哪儿来的？”她自言自语道，闻了闻那丛杂草，“它们今天下午并不在这儿啊！”

那丛杂草在微风中沙沙作响，这足以触动波基的神经，那只狗汪汪汪地不停地叫，然后，令人惊讶的是，那丛杂草用清晰、平静的声音对她说话了。

“我很抱歉，打扰你了。”

波基停止了叫声。

“我希望没人发现就能通过这里。”杂草说，“但是你看见我了。你是只很好的看门狗。”

波基又叫了起来。

“别，别，别！嘘！”杂草说，“请别叫了！”

但是谁也阻止不了波基。

那丛杂草决定挪动一下。像某种怪物一样，那丛杂草长出两条腿，跳过篱笆，进入了隔壁的院子。费利克斯已经听到隔壁的波基在叫，当那个浑身杂草的怪物落到他的院子里时，他也开始汪汪叫了起来。于是怪物继续往前走，跳过篱笆，从一个院子跳到另一个院子。这附近的每一栋房子似乎都有一只狗，他们都开始冲这个浑身杂草的怪物吠叫起来。小读者，你和我都知道，这个怪物其实就是我们伪装了的机器人，但是狗狗们从来没有弄明白那天晚上究竟发生了什么。

萝丝终于偷偷溜进了一幢学校大楼后面的阴影里，侧耳聆听着，终于狗狗们的大合唱也结束了。

“不太顺利哦。”小野鹅说着，落在了妈妈身边。

“是不太顺利。”机器人说。

“到了白天只会更糟。”

“我知道。我得试试别的办法。”

第二天一大早，太阳开始升起，汽车开始行驶，机器人们也开始跑业务了。然而，其中一个机器人跟其他机器人都不一样。萝丝清理干净了自己身上的每一点污迹，现在她和所有进行日常晨间工作的普通机器人混在一起。我们的机器人正藏在众目睽睽之下。

萝丝在城里穿行，左拐右拐地沿着街道走，而布莱特比尔在空中观察。一路上，她遇到了各种各样的机器人，他们都在忙着自己的工作。甚至还有另一个罗森姆型机器人在四处走动，她看上去和我们的萝丝一模一样，只是比萝丝更闪亮，编号也不同。我们的7134号罗森姆型机器人突然想到，如果有人注意到她的编号，就可能会引起“锐酷”们的迅速反应，但当她继续走过房屋、商店、人类和其他机器人时，似乎并没有任何危险。一切都很顺利，直到她听见了一艘飞船正朝这个城镇飞来的声音。

我们的机器人感到了某种恐惧，等着一艘漂亮的白色飞船出现。如果“锐酷”们现在找到了她，她就逃不掉了，但是，出现的那艘飞船不是白色的，是黑色的，它并没有停下，而是直接飞了过去。萝丝是安全的，而她突然梦想起飞船来了。

如果有一艘飞船，返回小岛就很容易了。她和布莱特比尔可以爬进飞船，启动发动机，然后很快就到家了。但这是一个不可能实现的梦，我们的机器人没有安全的办法能得到一艘飞船，她得找别的方法回家。首先她得找到办法离开这个城镇。于是萝丝专心注意她周围的环境，继续沿着人行道前进，就像一个普通的机器人。

第六十八章　车站

在城镇的边缘，房屋和田野的交界线上，有一个小火车站。铁轨两边各有一座月台。人类和机器人站在那儿，等待下一班火车的到来。我们的机器人镇定地走过去，没有人注意到她。当萝丝安全地离开人们的视线时，她便躲进了布莱特比尔藏身的树林里。

小野鹅张开嘴刚要说话，车站的钟声响了起来。一列客车沿着铁轨疾驰而来。汽笛一响，火车轻缓地刹车，一分钟后，平稳地停在了车站。

旅客们从车厢里拥出来，而另一些人则登上了火车。前九节车厢都是为人类预留的，有宽大的窗户和舒适的座椅。唯一允许进入这些车厢的机器人都是机器人服务员，他们为人类乘客带来食物和饮料。在火车的尾部，所有其他的机器人都被限制在没有窗户的车厢里。

“它要开往哪里？”布莱特比尔从灌木丛里向外偷看，低声问道。

“牌子上写着这是开往城市的特快列车。”萝丝也低声说。

小野鹅转向妈妈。“我们必须经过那座城市才能回家。这列火车可以节省我们很多时间。我们应该跳上去！”

机器人转向她的儿子：“我不认为这是个好主意。这太冒险了。”

“妈，我观察你走过城镇，根本没人注意到你。我们会没事的！咱们跟着那些机器人上最后那节车厢，我会找一个地方躲起来，然后一眨眼工夫咱们就到那个城市啦！”

萝丝有很多问题：“那座城市有多大？你知道怎么走吗？如果我们迷路了怎么办？”

“放松点，妈。我的鸽子朋友格蕾比克住在那里，她会乐意帮助咱们的。”

大喇叭里传来一个声音，最后几名乘客匆匆地沿着月台走过去。

“我要去看看！”布莱特比尔说着，飞快地拍了几下翅膀，从灌木丛中飞了出来，落到最后一节车厢的顶上。小野鹅垂下他的长脖子，透过敞开的门望望。然后他回头一看，挥翅让他的妈妈过来。汽笛响了，布莱特比尔挥动得更快了。萝丝别无选择，她只好溜出树林，大步走上了月台。

“进这儿，妈！”布莱特比尔指着下面的门口。

在这种情形之下，一切都让我们的机器人感到紧张。她的生存本能在发出信号。萝丝抬头看了看车厢顶上的儿子，然后迈进了车厢门，但就在布莱特比尔还没来得及从她身后飞进来时，车厢门已经关闭，火车开动了。

第六十九章　火车

当火车从车站开出时，我们的机器人感到有些惊慌。她真想把门踢破，从火车上跳下去，去找她的儿子，可萝丝能做什么呢？她必须表现得像一个普通的机器人——她必须假装什么事也没有。

火车车厢的内部是一个长长的没有窗户的房间，里面挤满了一排排的机器人。机器人都脸朝前，一动不动地站着。如果不是他们那发出柔和光芒的眼睛，你可能会认为他们是雕像。有些机器人是完美的和崭新的，但大多数都有擦伤和凹痕，而谁的伤痕也多不过7134号罗森姆型机器人。

萝丝沿着过道走过去，站在最后一排。火车开始加速了，它越跑越快，直至达到最高速度。然后火车在轨道上嗡嗡作响，偶尔会左右摆动，就像它在一条曲线上蜿蜒一样。由于没有窗户，萝丝只能猜想自己旅行了多远，只能猜想外面的

风景。最重要的是，她猜想着儿子的情况。

布莱特比尔还好吗？

她怎么才能找到他？

他们还会再见面吗？

他们当然会。布莱特比尔聪明又足智多谋，这只小野鹅会沿着火车轨道飞进城市的，然后他会找到他的鸽子朋友格蕾比克，她会帮助他们重聚的。萝丝要做的就是别惹麻烦。

时间一点一滴过去。

机器人们随着火车的震动轻轻摇摆。

终于，喇叭里传来了一则通告。

“下一站，也是终点站，城市中心站。”

随着一声汽笛响，火车减速刹车，平稳地停住。车厢门打开，机器人排着队出来了。

第七十章　在城市中穿行

城市中心车站的大厅大极了，粗粗的柱子伸展到拱顶上，一个巨大的电子屏幕闪烁着火车时刻表。整个地方都挤满了人类和机器人，每个人似乎都知道他们要去哪里，除了萝丝。

上下班的人们匆匆走过，而我们的机器人还站在车站里。她正在思考下一步的行动，她必须快速思考。你瞧，一个正常的机器人绝不会在那里逗留很久。萝丝需要做点什么，什么都行，正好有一组罗森姆型机器人排成一列走过，她能想到的最好的计划就是加入到队伍的末尾，假装是他们中的一个。

她跟着这一组机器人穿过了好几道门，突然他们就到了外面。这座城市生机勃勃，令人眼花缭乱。汽车在街上轰轰地驶过。机器人们沿着人行道行进。人类谈笑风生，大喊大叫。大楼高耸入云，而在大楼上方，飞船嗡嗡地飞过天空。

飞船。

有那么一会儿，萝丝又做起了乘飞艇轻松回家的美梦，但是当一艘白色三角形飞艇嗖地一下掠过的时候，现实处境又猛地回到她脑中。飞艇一闪而过，消失在屋顶后面，但那已经足以激起机器人生存本能的爆发了。“锐酷”们是在寻找萝丝，还是在做别的事？

萝丝试图把注意力集中在她周围的环境上。她还在那群机器人后面走着。每走一步，她都越来越紧张，害怕他们注意到她一直在跟着。她想要逃脱。当他们开始在一群游客中穿梭和挤过去时，萝丝放慢脚步，终于停了下来，而机器人工作组继续往前走。

现在就剩萝丝独自一人了，但她不知道该做什么，也不知道该去哪里。以前当她犹豫不决时，布莱特比尔总是指引她向北走，所以我们的机器人就动身朝那个方向穿过城市。

在向北行进时，萝丝经过了美丽的林荫大道、建筑、花园和艺术品。然而，她不得不无视这一切。她必须表现得像一个普通的机器人，一个普通的机器人绝不会在城市里遛弯，欣赏美丽的事物。无论萝丝看到哪里，她都看到正常的机器人专注于他们的任务，而没有别的活动。他们跑腿，送餐，打扫人行道，擦窗户，修理机器，建造辉煌的建筑，他们能做的工作比你想象的还要多。大多数机器人用两条腿走路，也有一些机器人在轮子上滚动，或者在建筑物墙上的轨道上来回滑动。这座城市是一座闪闪发光的现代化大都市，人类生活在奢华之中，这都归功于机器人孜孜不倦的工作。

阳光渐暗，城市灯光初上，萝丝仍然在行走。当人类在夜色中回家了，机器人继续工作时，她仍然在行走。太阳升起的时候，人类从他们的建筑中出来时，她仍在行走。城市新的一天开始了，萝丝一直走向北方，尽量不引人注意，焦急地希望她的儿子会出现。

第七十一章　观察

阳光在建筑物上闪闪发光。

崭新的大楼正在施工。

老旧的建筑被拆除。

货船停靠在港口。

送货卡车卸下板条箱。

明亮的霓虹灯闪烁着广告。

机器人在幕后工作。

孩子们在公园玩耍。

大人们在室外咖啡馆吃吃喝喝。

城市充满活力。

一个野生的机器人把这一切都看在眼里。

第七十二章　警察

两个警察机器人站在人行道上，行人从他们旁边走过。他们的头来回旋转着，用他们闪闪发光的眼睛扫视着人群。警察看起来挺凶的，但是他们的声音很友好。只要有人类走过，他们就会用一种活泼的声音说：“祝您度过愉快的一天！”从他们旁边路过的人类很多，于是警察机器人就不厌其烦地重复这句话。

“祝您度过愉快的一天！祝您度过愉快的一天！祝您度过愉快的一天！”

我们的机器人这天过得可并不愉快。她独自一人在大城市里，担心她的儿子，一点儿也不想惹到警察，可她也不能躲着他们。如果她突然转身走开，没准他们会注意到。于是她目光直视前方，镇静地跟着街上的其他机器人一起往前走。

萝丝也许外表看起来很镇静，但是她的心思一团乱。

警察危险吗？

他们和“锐酷”机器人合作吗？

她会被抓起来吗？

看啊，警察们正在盯着萝丝呢。他们的眼睛在她身上停留了一秒，两秒，三秒，然后他们转开去继续扫视人群了。

我们的机器人松了一口气，平安无事地从他们身边走过。她继续往前走着，就像街上的又一个普通机器人，他们活泼的声音逐渐在她身后越来越小了。

“祝您度过愉快的一天！祝您度过愉快的一天！祝您度过愉快的一天！”

第七十三章　鸽子

在城市的正中心，有一大片绿地。这是原有的老公园。它有大片的草坪和花圃，还有浓密的树林区域。它有湖、池塘和喷泉，有游乐场、长椅和好几公里长的石板路。

公园里还有鸽子。

成千上万的鸽子。

城市里的鸽子们见过各种你都不敢相信的事情，所以什么事都不会让他们大惊小怪了。他们当然不会对一个机器人感到惊奇，所以当萝丝走进公园时，鸽子们连眼皮都没抬一下。她走近一群鸽子，大约有一百只，都在石板路上趾高气扬地走来走去，咕咕叫着，像是这公园的主人一样。当萝丝跺着脚走得越来越近时，鸽子们才飞开一点儿让她穿过。

可是，萝丝并没有穿过去。她停了下来，四下张望，当她看到附近只有她自己和鸽子群时，她便开口用动物的语言和鸽子交谈起来。

“你们好，鸽子们，我的名字是萝丝。”

鸽子们偏过头，那意思是：“这机器人不会真的在和我们说话吧？”

“是的，我就是在和你们说话。”萝丝继续说道，“我正在寻找我的儿子。他是一只野鹅，名字叫布莱特比尔。你们见过他吗？”

好长时间以来，鸽子们第一次感到震惊。有几只鸽子匆匆地从会说话的机器人身边飞走了，但是大多数鸽子都太好奇了，留在了原地。其中一只鸽子实在忍不住了，她从鸽群中走了出来，一直走到机器人身边。

“让我来确认一下，”这只好奇的鸽子说，“你叫萝丝，并且你有个儿子叫布莱特比尔，他是一只野鹅？”

“没错。”

“我简直不敢相信！”那只鸽子扇起翅膀，转向她的鸽群，“诸位，这就是萝丝！格蕾比克故事中讲的！还记得不？”

鸽群兴奋地咕咕叫起来。

“你听说过格蕾比克！”萝丝说。

“没人不知道格蕾比克！”那鸽子说，“不久前她开始讲一个关于野鹅和他的某个野生机器人妈妈的故事。我们都以为她在开玩笑呢，但是看来是真的！”

“她没有开玩笑。”萝丝说，“但是我和儿子失散了，而且我不知道怎么才能找到他。也许格蕾比克能够帮助我。你知道她在哪儿吗？”

“很遗憾地告诉你，萝丝，格蕾比克已经死了。”鸟儿们的头都垂了下去，“你知道吗？鸽子的生活不是那么容易的。如果我们幸运，也只能在这儿存活几年。但是当我们失去格蕾比克的时候，我们特别伤心，她是最好的鸽子中的一个。”其他鸽子都咕咕叫着同意。

“我也为你们难过。”萝丝说，“我要是能见到格蕾比克就好了，我儿子很喜欢她。”

那只鸽子仰望着萝丝，眼神中有种坚定的神色。“格蕾比克的朋友，就是我们的朋友。如果布莱特比尔走丢了，我们可以找到他。”她转向其他鸽子，“你们听到了吗，鸽子们？飞上天空吧！告诉所有你们见到的鸽子，我们在找一只名叫

布莱特比尔的野鹅！”听到这话，群鸽纷纷飞了起来。只留下机器人和这只好奇的鸽子。

“对了，大家都叫我斯楚特。”鸽子说，挺起她胸前的羽毛。

“认识你很高兴，斯楚特，”机器人说，“谢谢你帮我寻找布莱特比尔。我该怎么帮忙呢？”

“你待在这儿别动就是最大的帮助了！我希望当我们带你儿子回来的时候，你还在这个公园里。不要藏起来或者溜达远了，让我们还得找你！”

“噢，还有一件事，”斯楚特又说，“离公园护林机器人远一点儿。他大部分时间都在管理公园的花草树木，但是他总是对惹麻烦的人很警惕。”

鸽子迅速对机器人行了个礼，然后她也加入了寻找布莱特比尔的大军。

第七十四章　天空

几个小时过去了，太阳在西边落山了。又几个小时过去，东方的天空开始亮了起来。萝丝整晚都待在公园里，等待斯楚特带布莱特比尔回来，但是还没有他们的踪迹。事实上，整个公园一只鸟儿都见不到了。

萝丝不能让这些想法分散她的注意力。她要保持警惕。公园的护林员机器人已经看到她一两次了，而现在不管她走到哪儿，她都能听到他的脚步声。

护林员是在跟踪萝丝吗？

他注意到了我们的机器人的编号吗？

他会把她举报给“锐酷”吗？

萝丝走上一条进入树林的小路，试图逃离护林员的视线。就在这时，她听到了天空中一个熟悉的声音在呼唤。

“妈妈，你在哪里？”布莱特比尔说。

“萝丝，出来啊！”斯楚特说。

萝丝转向声音的方向，但是只看到了树叶和树枝。布莱特比尔和斯楚特在树林上空的某处飞翔呢。她想出声回应他们，可是护林员还在跟着她。她只好跟着他们在树林上空飞行的声音走。

就在此时，一个新的声音出现了，一种嗡嗡声，声音越来越大。气流从空中冲下来。当萝丝抬起头的时候，她看到一艘白色的三角形飞船正悬浮在她上方。

第七十五章 “锐酷”部队

三个机器人沿着钢索从飞船上滑下来。他们沉重的脚重重地砸到石板路上，地面都震了震。然后他们一字排开，形成一堵墙，眼睛都盯着萝丝。他们是锐酷4号、锐酷5号和锐酷6号。

“你好，罗森姆型机器人7134号，我们是‘锐酷’部队。请跟我们走。”

这呆板的机械声音来自锐酷4号。他和他的队友等待着他们的目标主动投降，但是萝丝并没有动。她知道“锐酷”们有多危险。她的儿子也知道。从天空的某处传来了布莱特比尔惊恐的叫声。

“快跑，妈妈，快跑啊！”

于是萝丝跑了起来。她跑到甬道上，冲进了树林。连一根杂草都没有压断，连一片树叶都没有惊扰，机器人在浓密

的树丛里消失了踪影。“锐酷”们并不着急。他们有其他的追踪方式，至少他们是这样以为的。他们方方正正的脑袋左右旋转着，在树林中扫描萝丝的电子信号。他们扫描来扫描去，可是连目标的影子都找不到。

第七十六章　早晨

那天早晨，人流从公园外平缓地经过。几双眼睛看到了一个罗森姆型机器人从树林里跑了出来。他们看到她四下张望，然后开始跟着其他的人群一起在人行道上走起来。

萝丝在树林里甩掉了“锐酷”们，但是她知道他们不会停止搜索她。她必须和街上的正常机器人融为一体，所以当她遇到一队工作机器人正往一个施工地前进时，她试图从队尾加入他们，但是工作机器人们立刻停下脚步，转身面对她。

我们的机器人向后退去，离开工作机器人队伍，然后撞上了一位年轻的女士。“对不起！”萝丝说，轻柔地扶住女士的肩头。

“别碰我！这是谁家的机器人？她不对劲！”

所有人都停下来，目瞪口呆地看着。人类指指点点，汽车放慢速度。流言迅速传开，一个出故障的机器人逃出来了。

随后，“锐酷”的飞船又出现了。它从高楼大厦之间飘浮起来，加速飞向我们的机器人。萝丝前后摇晃着，不断摇摆，试图想出一个方案，直到身后突然传来一个声音。

“妈妈，跟上我们！”

布莱特比尔和斯楚特滑翔而过，机器人飞奔跟上。她挤过人群，在街道上狂奔，大步跳过十字路口。汽车喇叭震天响，人类尖叫着，机器人们匆忙地躲开。

鸟儿们转过最后一个弯，飞入了一条狭窄的小巷。那里正有一群野猫潜伏在阴影里。他们蠢蠢欲动，舔着嘴唇，梦想着把小野鹅和鸽子做成一顿美餐。然后机器人跺着脚冲了进来，野猫们喵喵叫着，四下逃窜了。

斯楚特指向地上的一个沉重的圆形盖子，说：“把这个抬起来。”萝丝把盖子抬起，下面有一条长梯，下到一个深深的、昏暗的洞里。

“从这里爬下去。”斯楚特说，“我有个朋友在下面等你。”

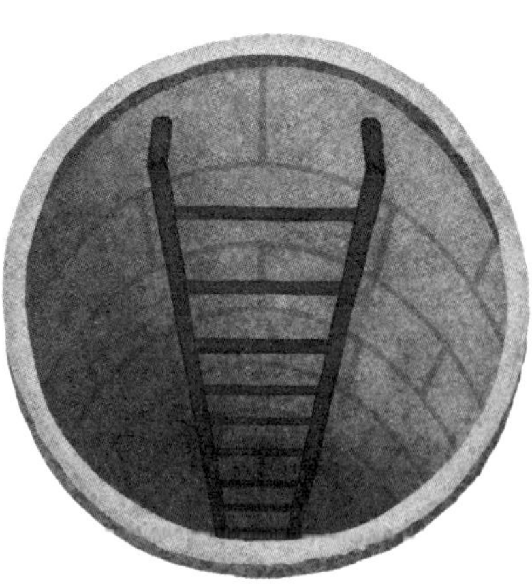

机器人在鸽子和小野鹅之间来回看着。

“按她说的做吧，妈！”布莱特比尔喊道，“没时间浪费了！”

“但是我怎么才能再找到你呢？”萝丝问。

“快走！”

第七十七章　地下

我们的机器人站在一条长长的、阴暗的隧道里。浑浊的水在地上流淌着，空气里弥漫着一股酸臭味。萝丝在地下，城市的下水道里。

一声吱吱声传来，机器人头上的探照灯照到了墙上的一道裂缝，一只老鼠尖尖的小脸探了出来。“你一定就是萝丝，”那只老鼠说，鼻子四下嗅着，“我听说你惹上麻烦了。”

“是这样，”萝丝说，“我需要离开这里，越远越好。”

“我知道该带你去哪儿。”老鼠说，然后他开始沿着隧道跑起来。

这只老鼠对下水道了如指掌，但是他短短的腿没法跑得太快。于是萝丝把他带在身上走。她把他一把捞起，放在自己的肩膀上，然后说：“告诉我往哪边跑吧。”

老鼠吱吱地在她耳边指路，萝丝跺着脚往地下的深处前行。她踩着下水道里的水，爬过狭窄的隧道，小心翼翼地穿过地铁的轨道。偶尔，他们会来到巨大的、像山洞一样的地下密室。大部分这样的密室都是空的，但是其中有一些布满了错综复杂的管道。这时，老鼠就会下到潮湿、肮脏的地面穿梭，而萝丝则像爬树一样爬过这些管子。

机械的声音从某些隧道中传来，这里也有机器人在工作。他们一生都在城市的地下劳动，很多机器人从来都没有见到过白天。萝丝当然很好奇，但是她不敢去偷看他们。那些工作机器人完全不知道一个机器人同胞正在他们地下的家中偷偷穿过。

当走过好几公里的隧道之后，老鼠和机器人来到了一个死胡同。一架梯子被钉在墙上，通往上方天花板的一个洞。

“我不知道上面会有什么，”老鼠小声说，“不过祝你好运啦！”

“总不会比我之前的处境更糟了吧。”萝丝说，把他放回地面上，“多谢你的帮助。”

机器人在老鼠的耳后轻轻挠了挠，然后向街道爬去。

第七十八章　追捕

街上空荡荡的。没有人类走动，没有机器人工作，没有汽车行驶，萝丝往天空看去，希望能看到布莱特比尔或者斯楚特，但是她看到的却是整整一排白色的三角形飞船。它们正在城市上方巡逻，追捕这个逃跑的机器人，并且他们发现她了。

“罗森姆型机器人7134号，不许动！”

三个机器人从一艘飞船上顺钢索而下，他们是锐酷10号、锐酷11号和锐酷12号。每人手上都夹着一杆步枪，但是他们并没有开火，暂时还没。他们得到的命令是把目标尽量完好地带回。

我们的机器人的生存本能像警笛一样在她脑中回响，她猛地转身逃走。她在空旷的街道上狂奔，转到另一条空空的街上。似乎所有的街道都被清空了，但是它们不会空很久。

更多大型、壮实的机器人从飞船上滑下，加入了追捕行动。

“锐酷”部队像机械一样行动，他们的目标却像动物一样行动。野生机器人贴近地面，飞快地穿过街道，在建筑物之间迅速穿行，又躲进阴影里。她的计算机大脑回想起了当时在农场上玩的捉迷藏游戏，可现在不是一场游戏。

萝丝就不应该钻进那条小巷。她刚走到一半，就看到“锐酷”从小巷两头都冒了出来。只剩一个方向可以走了。

萝丝用尽双腿所有的力气，高高地跳了起来，抓住一个建筑物的外墙。惊恐的脸从一个窗户里望出来。但是萝丝不想吓到任何人啊！她只想回家！机器人又跳了起来，反身抓住小巷对面的建筑物。就这样来来回回，萝丝在建筑物之间跳来跳去，爬得越来越高，终于她落到了一个高耸的平坦房顶上。

天空中布满了白色的飞船。同时，所有的飞船都转向了萝丝。它们的引擎嗡嗡作响，朝着我们的机器人包围过来。就在这时，一阵奇特的嗖嗖声传来。是鸽子群！上百只！上

千只！一群又一群的鸽子从街上源源不断地飞来，把飞船们包围了。斯楚特从城市的各个角落，叫来了她所有的朋友。鸽子们一直痛恨飞船，嗡嗡声那么响，把天空都占领了，让鸟儿们不得不低空飞行。现在整个城里的鸽子们终于有机会宣泄他们的愤怒了。

和你猜想的一样，飞船也开始反击了。一束束耀眼的光柱在天空中四下扫射，在空中留下了不少烧焦的羽毛。但是鸽子们并没有退缩——他们反而把飞船包围得更紧，扰乱它们的视线，让它们陷入混乱。一声震耳欲聋的尖厉声音传来，小小的身躯从空中落下，而一艘飞船跌跌撞撞地飞走了，身后留下一股浓烟。萝丝惊恐地看着，更多的鸽子和飞船掉了下来。她大喊着，让鸟儿们快走，可是他们都在激烈的战争中失去了理智。

沉重的脚步声来到了屋顶上。“罗森姆型机器人7134号，不许动！”萝丝连头都没回，她就向着与声音相反的方向跑了起来，跳到下一个屋顶上，然后继续跑着。我们的机器人跳上一个更高的屋顶，然后跳到

一个低的屋顶。上上下下，从一个建筑物跳到下一个建筑物，脚步声像雷声一样在她身后跟着。可就是这样，“锐酷”们还是没有开枪。

“妈妈，我来了！”布莱特比尔俯冲到他妈妈的身边，“我们该怎么办？”

“布莱特比尔，你必须飞去安全的地方！”萝丝边跑边喊，“这里太危险了！”然后，机器人用轻柔一些的声音说，“我逃不掉了。”

“不行，妈妈！你已经逃了这么远了，现在不能放弃啊！”

但是，萝丝已经不想跑了。她减速，在一个房顶的边缘停了下来。小野鹅飞扑进她的怀里，我们的主人公紧紧地拥抱着彼此。

“你是一个最好的儿子，”萝丝说，“你无数次救了我的命，但是现在你必须救你自己，离开我继续前进。”

“我还能再见到你吗？”布莱特比尔问道，擦着眼睛。

“我认为不能了。”萝丝说。

他们还有那么多的话要对彼此说，可是已经没有时间了。于是，他们只能说了最有意义的话。

“我爱你，妈妈。”

“我爱你，孩子。”

飞船在头顶盘旋。

“锐酷”们落到房顶上。

步枪都指着我们的机器人。

一个高亢的声音响起："罗森姆型机器人7134号，不许动！"但萝丝还是动了。她用力把儿子抛向天空，让他能够飞到安全地带。就在那时，扳机被扣响了，一条明晃晃的光束射到我们的机器人的腿上。损害信号灯爆闪，那条腿变成明亮的橘黄色，然后熔化了。可怜的萝丝试图保持平衡，但她已经在向后倒去，摔下屋顶，有一瞬间她似乎在空中停留，在阳光下闪闪发光，然后她掉了下去。

下坠。

下坠。

下坠。

坠落到下面的街道上。

当萝丝在下坠的时候，她最后看了一眼在空中飞翔的布莱特比尔。她眼睁睁地看着他变得越来越小。然后，突然一切都变黑了。

第七十九章　设计师

萝丝慢慢地苏醒过来。她很惊讶自己能醒过来。从楼顶坠下足以把她摧毁了，可是她还在这儿。

但是她在哪儿呢？

一切都是昏暗和寂静的。

这里难道是机器人死后的世界吗？

不，当她的系统激活时，现实世界逐渐清晰起来。她看到了白色的墙壁和地面，她还听到了背后机器的嗡嗡声。萝丝是身处在制造她的机器人工厂的某处。

一堆机器人零件散落在地上。那些零件都摔扁了，压坏了。萝丝过了好一阵才醒悟过来，她看到的是她自己破碎的身体。又过了好一阵她才意识到，自己只剩下一个机器人头颅了。

她的头被摆在一个电力箱子上，为她的计算机大脑通着电源。萝丝还保留着她的思维和声音，但是没有了身体，她动不了。于是她只能待在那儿，孤立无援，等待制造者出现。

制造者没有出现。反而，萝丝听到了轻柔的脚步声，然后一个年长的女士出现了。她很优雅，白头发，红色的口红，黑色的衣服。她身后留下一抹花香的香水味。这位女士身上的每一个细节都很整洁和精细，除了她的手指之外，她的手指上涂满了黑色的油污。

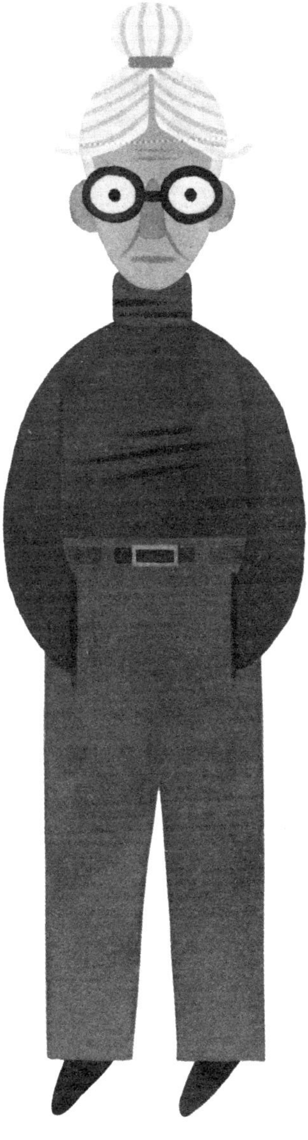

“欢迎回来，萝丝。”这位女士一边说，一边在一块抹布上擦了擦手，“我不确定我能让你的计算机大脑重新启动，你在外面摔得够狠的。你感觉如何？”

萝丝只是呆呆地看着她。

“你不用再假装了，”女士说，“我知道你不是一个普通的机器人。所有人都知道了。当你引着‘锐酷’部队在城里进行那一场大追捕的时候，这就已经很清楚了。”

萝丝还是保持着沉默。

“我看了那场追捕的录像。我不知道你是怎么让那些鸽子都攻击我们的飞船的，但我对那只小野鹅更好奇。你似乎是在和他讲话。你能和我解释一下吗？”

“那只鹅是我的儿子。”萝丝终于开口。

“是吗？”女士扬起了一条眉毛，“萝丝，我修复了你的计算机大脑，就是为了和你交流。我希望能了解你为什么会变成这样。所以咱们聊聊吧。我先来自我介绍一下。我的名字是莫洛瓦博士。很久很久以前，我爱上了电脑和机器人，所以我创建了一个叫作高科技实验公司的公司。从那以后，在这个工厂里生产了不下几百万台机器人。而我亲自设计了每一台。”莫洛瓦博士倾身向前道，“萝丝，是我设计了你。”

第八十章　美好的故障

在机器人工厂的深处，莫洛瓦博士正和罗森姆型7134号机器人坐在一起。萝丝现在只是一个机器人脑袋，但是现在，有一个头就够了。机器人和设计师对彼此有很多问题，于是她们坐在那儿，好几个小时，进行了以下这样的对话。

“你在那个荒岛上发生了什么？”莫洛瓦博士说，“把一切都告诉我吧。”

机器人把一切都讲给她听。她描述了她是如何在一片礁石的海滩上苏醒的，她当时唯一的愿望就是存活下来，以及在那种严酷的条件下生存有多么艰难。

“在野生环境中生存，我也得变得野起来，”萝丝说，“所以我学习那些野生动物，我模仿他们的行为，而最终，我学会了讲他们的语言。”

“太了不起了，”莫洛瓦博士说，“你被设计为可以学习不同的语言，也被设计为可以和动物一起工作，但是我做梦也想不到你能够学会和动物交谈。”

“尽管我能说动物的语言，他们还是不信任我。”萝丝说，“于是我尝试着对他们很友好。动物们从我身边逃开，笑话我，攻击我，而我一律用友好的态度回应。那是个好策略。但是我生存下来的关键，却是一只无助的小野鹅宝宝。当我收养了布莱特比尔之后，一切都改变了。我终于被动物们接受了。我被朋友和家人包围了。我有家了。”

“我是唯一一个野生的机器人吗？”萝丝问。

“我也不知道。”莫洛瓦博士说，“这些年来，有很多坏掉的机器人被送回工厂。有可能其中有和你一样的，但是我们已经把他们摧毁了。”

“你也会摧毁我吗？”

女士叹了口气。“萝丝啊，大家都惧怕你。他们都看到你在城市里奔逃，他们认为你很危险。他们想知道危险已经不存在了。所以，当我们谈完话之后，我不得不摧毁你。”

“我一点儿也不危险，”机器人低声说，“我设计中的那一方面从来没有失效过。就算我想使用暴力，我都无法成功。”

“你可有过想要施暴的时候？”

“没有。所有的问题都有和平解决的方式。暴力是没有必要的。”

“我希望是那么简单啊。”莫洛瓦博士说，“生活在这个时代是很精彩的，但是世界上还是有犯罪，还是有战争。有时候，暴力是无法避免的。”

“所以你才有‘锐酷’部队吗？”萝丝问。

“‘锐酷’机器人是被设计来执行各种不愉快的任务的。其中有些任务就需要使用武力。”

“你有没有担心过，他们可能会用武力对付你？”

“‘锐酷’们从来没有让我担心过，”莫洛瓦博士说，“但是，你让我很担心。”

“你是怎么从山顶农场逃走的？”莫洛瓦博士倾身向前问道。

萝丝没有回答。

“让我猜一猜。那两个孩子帮了你。”

萝丝只是呆呆地看着她。

“他们没事。如果我是他们，我也会帮助你的。”

“他们是好孩子。”萝丝终于说话了。

“可是你抛弃了他们。”莫洛瓦博士说。

“离开是很艰难的。我对山顶农场的每个人都很关心，我也尽了自己最大的努力去照料他们。可是，我不属于那里。当孩子们发现了我的真实面貌之后，他们也同意。他们希望我能回家，所以他们帮助我逃跑了。

“我为什么怕水？我为什么是女性？为什么我的身体是这样设计的？为什么我的计算机大脑知道一些事情，但是不知道另一些？”

“十万个为什么！”莫洛瓦博士大笑起来，“为什么你想知道所有的答案呢？”

“你设计了我的学习功能，”萝丝说，“我只是想学习关于我自己的一切。”

女士在她的座位里动了动。“这些问题，比你想象的要更复杂。设计任何机器人都有无数个细节要考虑。我需要决定这个机器人的大小、力量和外貌，我需要给这个机器人合适的程序和计算机大脑，我需要预测人们对机器人的反应。我需要想象到一切可能会产生问题的事情。但是我所有的决策都要考虑一个问题：这个机器人存在的目的是什么？”

轻声地，萝丝问她的设计者：“我存在的目的是什么？”

“我很抱歉让你失望了，萝丝，你并没有一个伟大的目的。像所有其他的罗森姆型号机器人一样，你是被设计来为人类工作的。仅此而已。”

机器人想了一会儿，然后说：“我曾经对一群野生动物说过，也许我存在的目的就是帮助他人。”

设计师想了一会儿，然后说：“当你从这个角度来想的时候，你存在的意义其实很伟大呢，不是吗？”

“如果有人告诉你，你永远也不能回家见你的家人，你会有什么感受？”萝丝问。

莫洛瓦博士苦笑起来。“不会有人和我说这种话。我把自己的一生都奉献给了建造机器人的事业。我从没有建立一个家庭的时间。”

“你创造了我，”萝丝说，“从某种意义上来说，我是你的孩子，而你是我的母亲。”

“我不是你的母亲。”莫洛瓦博士一口回绝。

“‘我不是你的母亲’，”萝丝重复道，“那恰恰是我对布莱特比尔说的第一句话。可我大错特错了。”

女士抚摸着她的下巴。“在房顶上，在你摔下去之前，你对布莱特比尔说的最后一句话是什么？”

“我告诉他我爱他。”

“你怎么知道你的感受是真实的？”女士问。

“你怎么知道你的感受又是真实的呢？”萝丝反问道。

“我不知道你的大脑是不是有故障，”莫洛瓦博士说，“但它的确很令人着迷。”

“变成这样不是我的选择，”萝丝说，“但是，这就是真实的我。如果你出生和成长在荒野中，你也会变成野生的。也许我是有缺陷的，也许我所有经历过的一切都是由于一个故障。但是如果是这样，那是多么美好的一个故障啊！我有我自己的想法和感情，我有自己的人生，我有一个儿子。布莱特比尔现在还在外面某处，不知道他此生还能否再见到他的妈妈。

“莫洛瓦博士，你不需要摧毁我。你可以修复我，然后我会回到我的荒岛上，再也不在这个城市露面。我向你保证。我只想回家。求求你，帮帮我。”

莫洛瓦博士的双眼盈满了泪水。这个年老的女士听够了，一句话也不说，她伸手到萝丝的脑后，按下了那个按钮。

咔嗒。

第八十一章　熔化

在城市的每个角落，人们停下手头的工作，拿出了各自的电子产品。每个屏幕都展示着同一个视频，里面是那个出故障的机器人破碎的身体。罗森姆型7134号刻在她的躯干上。

一股耀眼的光芒充满了画面，然后机器人的部件变成了明亮的橘黄色，接着，它们开始熔化了。肢体，躯干，头颅，

所有的部件都熔化了，没多久，我们的机器人变成了一摊铁水。

字幕在每个屏幕上显现出来。

“故障机器人已被摧毁。”

第八十二章　秘密

莫洛瓦博士住在一个高级公寓里，就建在机器人工厂当中。房间里摆满了艺术品、书籍和真皮家具。家里似乎永远在播放轻柔的古典音乐。你可能会猜到，她也有个机器人管家，帮她做饭、清洁，保证家里的一切都是她喜欢的样子。莫洛瓦博士的家是一个适合养老的好地方。

女士正站在她的客厅里，在落地窗前看着城市的景色。天空乌云密布，但是她的头脑很清楚，把罗森姆型机器人销毁是正确的做法。

但是，莫洛瓦博士有个秘密。

一扇木门打开，机器人管家走了进来，在他双臂中托着一个毫无生气的机器人。这是莫洛瓦博士最新的作品，一个她已经修补了多年的特殊项目。现在是时候给这个机器人注入生命了。

“把她放到这边。”女士说。管家小心地把机器人放到沙发的软垫上。然后他转身走了出去。

莫洛瓦博士走了过去，她低头凝视着机器人好一会儿，欣赏着自己的成果。终于，她俯下身说：“萝丝，醒一醒。”

第八十三章　崭新的机器人

机器人听到了古典音乐，她闻到了花香的香水味，而当她睁开眼睛的时候，她看到了一张布满皱纹的脸。

“又见面了，萝丝。”女士说，“你感觉如何？”

“又见面了，莫洛瓦博士。我感觉……不太一样。”

“你的确不一样了。”

“你做了什么？”

“我销毁了罗森姆型7134号机器人，”女士说，“那是能让人们感到安全的唯一方式。但是没有人知道的是，我把你原来的大脑转移到了这个全新的身体里。救下你可能会给我带来很多麻烦，但是我就是狠不下心摧毁你这卓越的大脑。”

机器人瞠目结舌。

“你知道，萝丝，你真的要感谢我呢。”莫洛瓦博士扬起一边眉毛说。

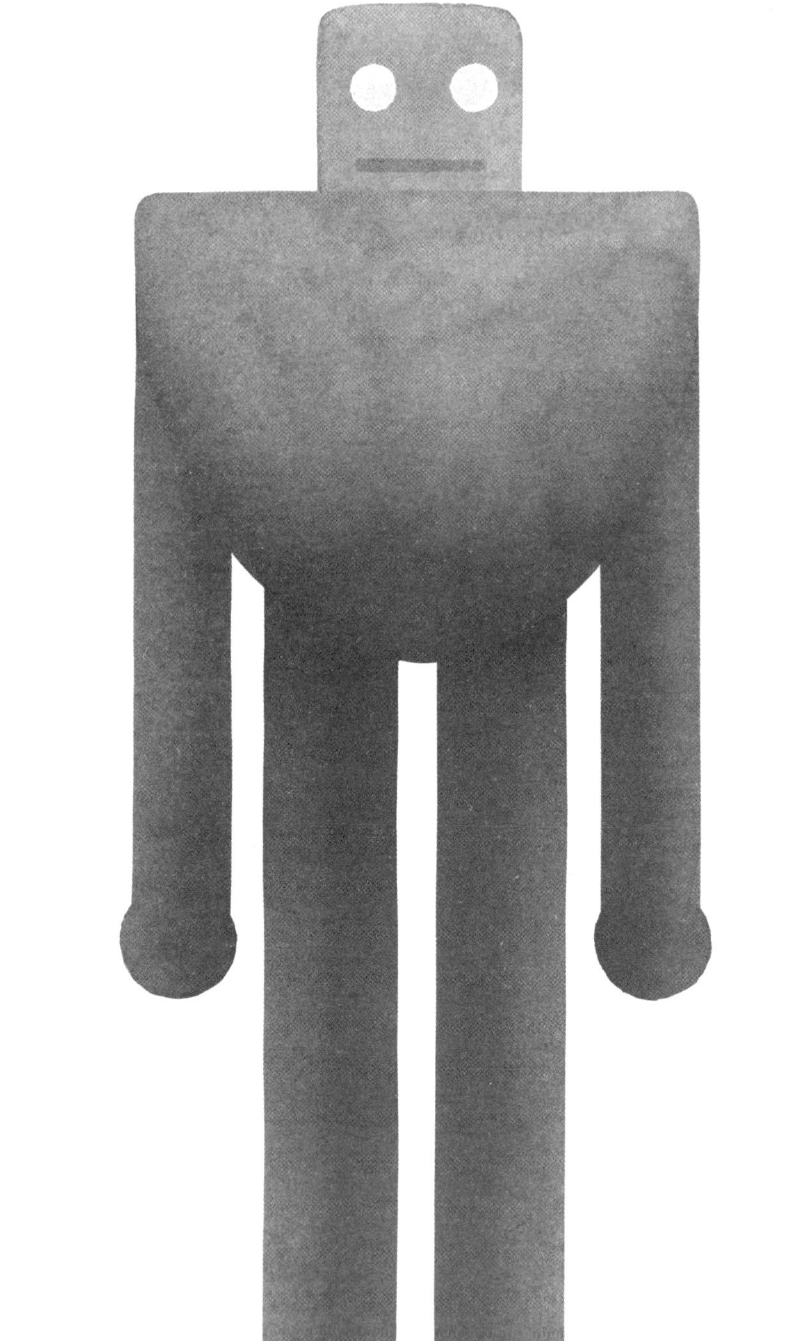

“谢谢您！”萝丝说，“太感谢您了！”

“不客气！”莫洛瓦博士笑着说。

萝丝走到墙上挂着的一面镜子前，研究起她崭新的身体来。这和她原本的身体有点像，但是比例有些许的不同。她看起来更强壮了，她感到更强韧，还有其他一些不同。

“我的按钮没有了！”她说道，摸着自己的脑后，“我也没有编号了。”

“你不需要那些东西了。”莫洛瓦博士说。

“如果我不再是罗森姆型7134号，那我是谁呢？”

“我想你知道你是谁。”

机器人的计算机大脑反应得很快。她注视着镜中的自己，说：“我是萝丝。”

女士微笑着点了点头。

“我非常感激您为我所做的一切，”萝丝说，“不过我担心我的朋友和家人会认不出我来了。”

“噢，我相信你有办法说服他们相信你的身份的。”莫洛瓦博士说，“说到家人，这里有个人想要见你。”

第八十四章　崭新的妈妈

当他妈妈重重地摔到地面上时，布莱特比尔目睹了一切。他眼睁睁地看着她的身体部件被装到一艘飞船上。他跟着那艘飞船一直飞到了机器人工厂，然后落在了屋顶上，但是他不知道接下来该怎么办。

斯楚特来探望布莱特比尔，她鼓励他自己飞回家，但是小野鹅还不想放弃。他年轻的心还期望他的妈妈能死而复生，他看到这曾经发生过，但是当时间慢慢流逝时，他的希望也越来越渺茫。

就在那时，屋顶上的一扇窗户自动打开了，小野鹅听到楼房里传来了轻柔的音乐。他从窗户中飞进去，跟随着音乐的声音飞过一条走廊，来到一扇木门前。门打开了，小野鹅走了进去。

布莱特比尔摇摇摆摆地走过高高的书架和皮制家具，来到了一个大房间的正中。一个上了年纪的女士正坐在一把椅子上，而一个机器人站在一面镜子跟前。小野鹅不认识这两个人，因此当那个机器人冲向他的时候，布莱特比尔大叫着："走开！"然后慌忙逃开。他沿着房间的墙壁一路扑棱棱地逃走，嘎嘎叫着，扇着翅膀，终于他落到角落的一张桌子上，看上去又困惑又害怕。

机器人站在原地没动。

"布莱特比尔，是我啊，你的妈妈。"

小野鹅瞪着她。

"我知道我外表看上去不一样了，"机器人继续说，"但是我的内心没有变。我还是能说动物的语言，我也还记得我们生活的每一个细节。我记得在岛上，我们坐在家里的篝火旁。我记得你第一次飞翔的样子。我们在山上的草甸上，然

后你展开翅膀，突然你就浮在风中了！但是接着你又摔回草丛里。那天你摔下来一百多次呢。我还记得一起去看机器人墓地，我们讨论了生命和死亡。那是个艰难的话题，但是很有必要……”

当机器人说话的时候，小野鹅越来越放松了。她的动作和声音的确像他的妈妈，但是布莱特比尔还是不太确定。

“如果你真的是我妈妈，”他说，“告诉我，我们的家的名字。”

“是‘鸟巢’。”

“我最好的朋友是谁？”

“是奇特查特。她是一只松鼠，她是个小话痨。”

“你收养我的时候，我多大岁数？”

“你零岁。事实上，你比零岁还小，我的意思是，你还在蛋壳里呢，但是我能听到你吱吱的叫声。”

这些乱七八糟的对话，让布莱特比尔认清了真相。“妈妈！真的是你！”小野鹅飞过房间，扑进他妈妈的怀里。妈妈的怀抱是新的，陌生的，但是同时也是温柔和安全的。

“我爱你，妈妈。”

“我也爱你，儿子。”

从房间的另一端，传来了擤鼻子的声音。我们的主人公转过身，看到莫洛瓦博士正从眼角抹去泪水。“我完全听不懂你们在说什么，”她抽泣着说，“但刚才的一幕太美好了。”

第八十五章　客人

一直在秘密中旅行，在恐惧中逃离，我们的主人公现在终于安全了，但是他们的困难还没有结束呢。尽管萝丝有了崭新的身体，她还是保留了自己原来的大脑，而大部分的人类还是无法接受这样一个有情感的、好奇的、野生的机器人。只有一个地方能让她完全做自己，而那个地方还是很遥远。

“莫洛瓦博士，您已经对我和我的儿子这么好了，”机器人说，“但是我不得不再向您最后请求一次帮助。”

女士坐回她的椅子里。

“您能否用您的飞船载我们回家呢？”

女士笑了起来：“啊，当然可以啦！不然你们怎么才能回到大海中央的那个小岛呢？”

萝丝不止一次梦想着乘坐飞船回到她的岛上，但是她从没想过这真的可以实现，直到现在。

“一点儿也不麻烦，”女士继续说，“我们几个小时之内就能把你送回家。但是我邀请你和布莱特比尔在这里住上一阵子，就住在我的公寓里。你们俩都需要平静和舒适地待一段时间，而我则很希望有人陪伴。”

没办法和莫洛瓦博士争论，于是我们的主人公同意留下来住一阵子。

机器人管家把公寓里的一切都照顾得很好，这也包括客人们。萝丝感到接受一个机器人的服侍很奇怪，但是布莱特比尔很喜欢被关注的感觉。管家把异域风情的大叶植物做成美味的沙拉喂给他。管家还在客厅里放了一个小泳池，让他可以想什么时候游泳都行。管家又做了一个舒适的小床，大小和形状都适合小野鹅。布莱特比尔从来没有这么舒服过。

莫洛瓦博士一边忙于工作，一边抽时间陪客人们。她有时坐着和萝丝还有布莱特比尔聊着天，就突然要下到工厂去

处理紧急业务。她不但要设计新的机器人，还要监督制造机器人和“锐酷”们，她管理着高科技实验公司的各个部门。尽管年纪大了，莫洛瓦博士还对机器人有着极大的热情。“如果你热爱你的工作，就永远不觉得累。”她这样一边说着，一边微笑着往门外走。

当主人在工作的时候，客人们在公寓里自由活动。萝丝花好几个小时的时间在书架上找书看，她阅读了艺术、科学和关于机器人的历史。布莱特比尔则在房间里摇摇摆摆地走来走去，探索这个大公寓的每一个角落，但是他们最喜欢干的事是站在大落地窗旁，俯瞰城市令人惊叹的美景。

“我能看到斯楚特找到我的那座大桥！”布莱特比尔说，“然后那就是我第一次遇到格蕾比克的建筑物。还有那个屋顶就是你摔下去的地方。”

“看啊，远处，又有一艘飞船起飞了！”萝丝说，“它可能要飞去太空站，或者月亮，或者飞得更远。”

“我觉得那个摩天大厦其实是个大温室，”布莱特比尔说，“我曾经从旁边飞过，里面除了植物什么都没有。”

萝丝和布莱特比尔很享受他们在莫洛瓦博士家做客的时光，但是他们也很想念他们的朋友、荒野和小岛。几天之后，客人们开始坐立不安了，他们想回家了。

第八十六章　飞行

立在跑道上、在阳光下闪烁着的，是一艘漂亮的白色飞船。这么久以来，这样的飞船总是载满了可怕的机器人。而现在这样的一艘飞船却要帮萝丝解决所有的困难了。

舱门嗡嗡地打开，莫洛瓦博士、萝丝和布莱特比尔爬了上去。当他们都坐好了之后，女士对飞船下达了指令："把我们带回发现7134号罗森姆型机器人的地方。"引擎开始启动，飞船升空了。它一直上升到高空，转向北方，然后在城市上方滑翔起来。

三个乘客安静地看着楼房和街道在下方经过，城市似乎永远没有尽头，但是当他们飞得越来越快，越来越远时，城市逐渐变成了小镇和乡村。他们穿过了清晰的海岸线，然后视野里就只有大海、天空和飞船了。

大海很深，可是，在昏暗的深海中，散布着很多浅水域：

沙洲、珊瑚礁和波浪下隐约可见的岛屿。有些地方，奇特的岩石群在浅滩里矗立着，也许它们是古老的建筑物的遗迹。那些神秘的形状在飞船身后渐渐远去了，前方是广阔的深海。

飞船继续前进，好几个小时过去了。逐渐地，前方的天际线上出现了松软的云朵。在云朵下面，有一道模糊的绿色。

小岛。

小岛越来越近，很快萝丝就看到了她日思夜想的一切。

岩石遍布的海滩！

大山和瀑布！

森林、草甸和池塘！

飞船向地面喷出气流，逐渐向一片草地降落。它轻轻地着陆了。引擎熄火了。

第八十七章　回归

飞船的舱门嗡嗡地打开，然后我们的机器人走了出来。一切都是静止和寂静的，但是萝丝知道动物们正藏起来偷偷观望着，于是她用一声洪亮的吼叫来跟他们问好。

“小岛上的动物们，我回来了！我也许看上去不一样了，但是我保证，我就是你们的老朋友萝丝啊！”

她的呼叫传遍了整个小岛，但是唯一的回应只是她自己的回声。野生的机器人必须得更野蛮一些。于是她弯下腰，开始抓起大把的泥巴抹在自己身上，然后她在身上的泥大衣里按进一团团野草和野花，直到她看上去更像她过去狂野的样子。

布莱特比尔扑棱棱地从飞船上飞出来，落到他妈妈的肩膀上。他摇了摇尾羽，嘎嘎叫道：“是真的！这个机器人就是我妈妈！你们自己出来看看嘛！”

寂静。

然后，灌木丛开始摇动，树上有各种小脸探出来，动物们开始窸窸窣窣地、摇摇摆摆地、扑扑棱棱地飞入草甸。刚开始，他们的行动很谨慎，不明白为什么这个全新的机器人会是他们的老朋友。不过他们看到她狂野的外表，听到她狂野的声音，这个新闻开始在岛上传开了：萝丝回来了！

一群友好的动物围到我们的机器人身边。那里有布莱特比尔的野鹅群，河狸一家和野鹿一家，狐狸芬克，还有猫头鹰斯伍珀。野熊们从山丘上轰隆轰隆地跑下来，鱼都从池塘里跳起来看，秃鹫也在头顶上盘旋。就连夜行动物们也从他们的巢穴里出来了，走进日光下，加入大狂欢。

哦，从漫长的旅途归来，看到你的朋友和家人还在等你，这感觉太幸福了！但是，小读者，有时候我们回来却发现有些事情变了。你也知道，荒野有时候很严酷，当萝丝不在的时候，有一批她的朋友没能生存下来。机器人看到了小浣熊伦普金和邦普金，但是让普金却不见了。她也没能看到公驼鹿布罗德福特，还有土拨鼠迪哥当。还有很多其他的动物不见了。所以这次回归，像很多其他人生中的回归一样，也是喜忧参半的。

小松鼠奇特查特从草地上一路蹦蹦跳跳地飞奔过来，像往常一样讲个不停："……我就知道你会回到我们身边萝丝但是我从没想到你会胖了这么多不过我想我自己也稍微胖了点所以算了不管怎么说你一旦有空得赶紧给我讲你所有的冒险故事抱歉我一口气说这么多话我就是见到你太兴奋了……”

野鹅、河狸、野鹿、鱼、松鼠、猫头鹰、野熊、乌龟、水獭、浣熊、啄木鸟、负鼠、驼鹿、狐狸和所有各种各样的动物都从小岛的各个角落来了，欢迎他们亲爱的朋友萝丝和布莱特比尔回归。而把这一切都看在眼里的，是飞船上的莫洛瓦博士。

第八十八章　最终的告别

“各位，我想让你们见一见设计了我的这位女士。”萝丝走到站在飞船舱门口的一个奇怪的生物身边。对于岛上的绝大多数动物来说，这是他们第一次看见人类。他们眯起眼睛，嗅来嗅去，彼此小声交谈着，试图搞清楚这样一个孱弱的老女人是怎么能创造出如此巨大、强壮的机器人的。

莫洛瓦博士开始和萝丝轻声说话，然后萝丝大声地向这一大群动物说了起来。

“我的设计者请我帮她翻译，”机器人说，“接下来的话不是我说的，而是来自她。”

动物们静下来听着。

“谢谢你们，岛上的动物，救了萝丝的命！如果没有你们的帮助，她早就死在这儿了。但是你们不光是她的拯救者，你们还是她的老师。你们教会了她怎么变得狂野，而她需要那种野性才能生存，不但在你们的世界里，在我们的世界里也一样。

“当我看到这个荒野的天堂时，我终于明白为什么萝丝那么努力地想回来。她不属于机器人和人类，她属于这里，在岛上，和你们大家在一起。

“我们不能冒险让其他人知道这个地方，所以我很快就要离开，再也不会回来。但是我保证会为你们的小岛保守秘密，让你们大家都能安全地生活。而我，则会在我的余生里，想着我们奇迹一般的野生的机器人。”

草甸变得一片寂静。

扑棱棱一阵翅膀的响声，布莱特比尔落到了莫洛瓦博士旁边的草丛里。他仰头看着那位女士，深深地看进她的眼睛里，然后他低下了头，他的鹅群里其他的成员也都低下了头。雄鹿克朗波音特低下了头，负鼠萍克泰尔低下了头，河狸先生和太太低下了头，蜥蜴低下了头，紧接着是乌龟和青蛙们。像一阵波浪一样，越来越多的动物们低下了头，直到所有的头都低下了。他们在向制造并且帮助他们亲爱的朋友萝丝回归的女士致敬。

莫洛瓦博士转向萝丝。“你明白为什么我不能再回来吗？”她问，她的眼睛是湿润的，“这是为了你好。”

“我明白，”机器人说，“我只渴望我们能更了解彼此一点儿。”

莫洛瓦博士笑了，把萝丝拉进怀里拥抱着。她不在乎机器人身上的一层泥土和野草。她们彼此拥抱着，都感到了一种像是爱的情感。

“你是野生的机器人，”莫洛瓦博士说，“尽情去野吧。”

第八十九章　离去

飞船的引擎开始轰鸣，野生动物们都往后退去。然后飞船缓缓地从地面上升起，转向南方，最后在天空中消失了。

第九十章　小岛

我们的故事就在小岛上结束了，机器人回到了她野性的生活。萝丝从人类的世界逃离了，现在她终于又能做回真实的自己了。她可以随便想，随便说，随便做什么都行。而现在，她最想做的事就是看看日落。

布莱特比尔坐在她的肩头，萝丝走过熟悉的树木、草甸和小溪，一路向上爬啊，爬啊，爬到山顶上，到达小岛的最高点。然后我们的主人公坐在山顶的一片倾斜的岩石上，看太阳缓缓地落到海平面下。

如果你像我一样，小读者，你可能还有很多问题。萝丝的寿命有多长？她还会再见到人类或者机器人吗？她的前方会有什么样的欢乐和悲伤在等待着？

萝丝自己也有一些问题，但是现在，她也得到了一些答案。我们的机器人知道她是从哪里来的，她知道了她原本应该过的生活，她也知道了她自己想要过的生活。

当萝丝和布莱特比尔一起坐着的时候，她缓缓地旋转自己的脑袋，扫视着小岛，把一切都看在眼里。最后的几丝阳光照射在下面的树冠上。动物们在阴影里匆匆穿行。空气是新鲜的，带着一丝野花的香味和海水的咸味。天空渐渐暗下来了，蟋蟀开始唱歌，星星开始眨眼。

一切都刚刚好。

萝丝感到安全、快乐和被爱着。

野生的机器人回家了。

尾　声

秋天又回到了山顶农场。牧场上蒙了一层霜，但是奶牛们还在外面，吃着最后的几根新鲜草叶。很快，她们就要回到挤奶厅去再挤一次奶。她们的日常习惯从来没有改变过。

谢里夫先生正和他的狗一起，坐在他的卡车里。男人从窗户向外看着，看着牧场另一端的新机器人。他要紧紧地盯牢她。高科技实验公司保证这一个不会再逃跑了，但是他还是不太信任她呢。

这些天来，孩子们大部分的空闲时间都是在农场上工作。扎雅照顾奶牛很有一套。扎德很喜欢各种工具和机器。他们正一起走在农场的建筑群里的时候，听到了天上传来的鸣叫声。一群野鹅滑翔而过，落进了池塘里。

好几周以来，有好几群野鹅在冬季迁徙的路上停在这里休息。但是这群鹅有些不同，他们飞行的队形非常完美，领头的是一只小小的、优雅的野鹅。

鹅群平静地在水面上浮着。休息了一会儿之后，他们的首领摇了摇他的尾羽，拍打起翅膀，扑棱棱地飞到扎雅和扎德身边。小野鹅站在孩子们面前，深深地注视着他们的眼睛。然后他回过头，拔起自己身上的一根羽毛，把羽毛放在他们的脚边。

扎雅和扎德对视一眼，笑了。孩子们一直在等待这一刻。他们总是在想萝丝的故事是如何结尾的，现在他们终于知道了。野生的机器人回到了属于她的世界。

后　记

当一个智能机器人被困在荒野之中的时候，她会怎么做呢？一个机器人怎样适应自然环境呢？机器人有可能真正变得有野性吗？就是像这样的一些问题，成为我创作萝丝这个主人公的灵感，并且激励我为孩子们写出了我的第一本小说——《荒岛机器人》。

但我还有更多的问题。

如果萝丝被从荒野中带走，会发生什么事呢？这个野生的机器人会对正常的机器人和人类有什么样的反应呢？她能融入文明世界吗？问题不断地出现。然而，有一个问题我一遍又一遍地问自己。

这个野生的机器人真正属于哪里呢？

萝丝属于她度过第一年生活的那个荒岛吗？或者她属于文明社会，应该与其他机器人一样为人类工作？我想象着她在自然界和文明世界之间挣扎的感觉。我还想，如果可以选择的话，萝丝会选择和她的野生动物朋友、家人住在一起。但她有选择的权利吗？

显然，我需要通过写一本续集来探索这些思考，而在这本续集里，萝丝寻找到了回家的路。这个故事必须充满真心、灵魂、行动、科学，甚至一点儿哲学韵味。我需要开发新的角色和环境。当然了，一切都必须发生在未来世界。这个新故事有点棘手，就像一个拼图一样，所有的碎片都要完美地拼接在一起才能成功。我阅读了专家们对未来的预测。我学习了机器人、自动化以及人工智能的知识。我开始构想一个未来的社会，人类在机器人孜孜不倦的工作下过着舒适的生活。而萝丝呢，在这个世界中，用新的方法利用她野性的一面，逃离她的新生活，回到她原来的生活。

拼图的碎片开始拼接到一起了。经过几年的研究、思考、写作和绘制插图，我终于完成了我的第二本给孩子们看的小说——《机器人的逃跑计划》。